講談社文庫

インシデント

悪女たちのメス

秦 建日子

インシデント　悪女たちのメス

プロローグ

平成二十四年、一月十三日、午前二時。人影まばらな深夜の東京・代官山。

女がひとり、歩道をふらふらと蛇行しているのに、パトロール中の警官が目を留めた。酔って吐いたのだろうか、着衣が太股のあたりから、ぐっしょりと濡れている。やがて、女は電柱に抱きつくと、うめき声を上げ、そして地面に倒れた。

「大丈夫ですか？」

警官は慌てて女に駆け寄り、背中をさすろうとしたが、次の瞬間、伸ばしかけた手が凍りついた。むせ返るような生臭さが、警官の鼻腔を突き刺す。女の掌からは、赤い雫が絶え間なく、落ちていた。

血。

ぐっしょりと濡れているように見えたのは、すべて血だった。

「……あなた、怪我してるんですか？　誰かにやられたんですか？」

警官に問いかけられると、女は緩慢な動作で顔を上げ、

「ナカ……ハラ……トワコ」

と、呟いた。

「は？」

「……ナカハラ……ト……ワコ」

「あの！　ナカハラ、というのは、あなたのお名前ですか？」

女は、正常な思考回路が損なわれているようだった。警官の問いには答えず、ただ、

「……ナカ……ハラ……トワ……」

とだけ、また答えた。

（先に、救急車を呼ぼう――）

警官は立ち上がる。携帯を取り出しながら、同時に、路面に点々と残された、女の血の跡に気づく。

（この女はどこから来たんだ？）

じっと血の跡に目を凝らす。それは、鎗《やり》ケ崎《さき》の交差点を越え、一つ先の角を左に曲がっていた。女は、代官山の駅近くから歩いてきたようだった。

一方、代官山駅近くの高級マンション『クラッシィ代官山』の四〇一号室では、別の警官が部屋に乗り込もうとしていた。マンションの管理人から、「エントランスに血の足跡が付いている」との通報があったのだ。駆けつけると、確かに、エントランスの白い大理石はどす黒い血で汚されていて、その血の汚れは、ここ四〇一号室から続いていた。

表札に刻まれた『ＨＩＹＡＭＡ　ＦＵＹＵＭＩ』の文字を眺めながら、インターフォンを押してみる。

ピンポン。

深夜の空気を、チャイムの音が震わす。

応答は、ない。

警官は耳を澄まして扉の向こうの様子を探るが、物音ひとつしなかった。ノブに手をかけると、扉は簡単に開いた。

「警察です。誰か……誰かいますか？」

思いきって扉を開放し、玄関から靴を脱いで中へと入り、おそるおそる廊下を歩いていった。奥の部屋の扉は開きっ放しで、ちらちらと光が漏れている。警官は、そっと部屋の中を覗いて、ギョッとした。

真っ暗な部屋の真ん中に、付けっぱなしの大型液晶テレビ。その大画面には、脳外科手術の術野の様子が映し出されていた。

充満する、濃密な血の臭い。

まるで、現在この場所で手術が行われているかのような錯覚に、警官は陥った。そして、その映像の手前の床にできた、大きな血だまりの中に、女——おそらくは、三十代半ば。髪は乱れ、頬は陶器のように白く、生気がなかった——その女が一人、立て膝で座り、傍らに横たわる少年の心臓付近に掌を当て、等間隔のペースで必死に押していた。心臓マッサージ。女の手の動きに合わせ、少年の胸は規則正しく上下する。

「あんた、ここで何をしてる！」

女は警官の声が耳に入らないかのように、一心不乱に心臓マッサージを続けている。警官は部屋の中に飛び込むと、虚ろに両目を見開いたままの少年の口元に耳を寄せ、その呼吸を確かめた。

——もう、息をしていない！

警官は、大声で女を怒鳴った。

「おい！　ここで何があった！　この血は何だ⁉」

「…………」

「おい、質問に答えろ！」

女は、警官の声には何の反応もせず、ただひたすら、懸命に心臓マッサージを続けていたが、やがて突然、何かの糸が切れたように、床に崩れ落ち、そして泣き始めた。

この部屋で何が起きたのか、警官には想像もできなかった。目の前にいるこの女は、表札に出ていた「ヒヤマフユミ」だろうか。

ヒヤマフユミ……。

警官は、どこかで聞いたことのある名前だと思ったが、その場ではそれ以上のことは思い出せなかった。

第一章

1

「お前さ、もしかして、体調悪いんじゃねえの？」

そう、クラスメイトの望月悠《もちづきゆう》に指摘され、

「別にそんなことないよ。なんで？」

と、伊東《いとう》さやかは、努めてさらりと返した。が、実際は一ヵ月ほど前からしばしば襲う頭痛に悩み、その都度、家の救急箱に入っていた鎮痛剤を飲んでしのいでいた。

今日の昼休みも、友人たちに「バレーボールをしに行こう」と誘われたのだが、頭痛がひどいため「気が進まないから」と断った。そして、ここ、一年三組の窓際の席から、ぼんやりとグラウンドを眺めていたのだ。

「伊東が友達の誘い断るのって、珍しいからさ」

悠は、心配そうに顔をしかめた。

「何となく、今日はそういう気分じゃなかっただけ。望月くんこそ、サッカーしてきたら？」

さやかは窓の外に目をやった。グラウンドでは、ちょうど上級生の男子がサッカー・ボールをゴールに蹴り込んでいるところだった。悠はサッカー部に所属していて、フォワードとして一年生の中ではめきめきと頭角を現している。昼休みも、上級生に混じってプレイしているのを、何度か見かけたことがある。しかし、今日の悠は、校庭に向かう様子はなかった。

「ほんとに何ともないのかよ」

「…………」

「先週も、部活の時、ありえない空振りばっかりしてたじゃん」

「…………」

そのことは、自分でも気にはなっていた。先週の木曜日の放課後、さやかはテニス部で簡単なラリーの基礎練をしている最中、なぜかボールを打ち損ね続けた。ボールに合わせて確実にラケットを出したはずなのに、まったく当たらないのだ。

「そんなの、見てたの？」

「まあ、ね。たまたま、ね」

ちょっと焦った様子の悠をかわいいと思いながらも、同時にさやかは別のことを考えていた。ただのクラスメイトですら気づいてくれたのに、どうしてうちの親は、私の体調不良に気づいてくれないのだろうか。

たとえば、今朝。

さやかは、起き抜けのベッドの上で頭を抱えていた。今朝の頭の痛みは、一段と強い気がした。

また、頭痛薬を飲まなければ。

さやかは、憂鬱な気分のまま、パジャマから制服に着替え、二階の部屋を出た。リビングに入ろうとしたところで、父の邦夫《くにお》を久々に見かけた。都内の市立小学校で教師をしている邦夫は、来年度の校長候補として推薦を受けるため、あちこちの教育委員会の会合や、研究会に顔を出している。そのため家にはほとんどおらず、近頃はさやかと顔を合わせることも少ない。

「今起きたのか？　ギリギリじゃないか。もっと、きちんと時間に余裕を持って生活しなさい」

いつもの小言を言いながら、邦夫はさやかの横をすり抜けていった。仕立ての良いウールのスーツの袖からは、シックなカフスボタンが覗いている。家族には無頓着だけど、何も知らない人には、穏やかで、身なりの整った良い先生に見えるだろう。だが、さやかの体調不良には気づきもしなかった。

リビングに入ると、母親のりえ子が、鏡の前でメイクを整えていた。また今日もテレビ出演だろうか。知的な美人と評判の人気教育評論家。一昨年に出版した『学校に人生を預けるな』という自己啓発本が百万部を超える大ヒットとなり、以来、テレビ番組の収録や取材が途切れたことがない。だが、そんな人気の教育の専門家も、実の娘の体調不良には、一ヵ月経っても気がつかない。

インターフォンが鳴る。パッと母の顔が上気した。マネージャーの井手《いで》謙介《けんすけ》が、りえ子を迎えに来たようだ。りえ子は一年前から、大手の芸能プロダクションと契約し、テレビ出演などのスケジュール管理をさせている。担当マネージャーの井手はまだ二十代だが、りえ子が「あの子は頼りになるわ」と常に口にするほど、敏腕な仕事ぶりらしい。最近のりえ子は、さやかより井手謙介にばかり意識が向いているようにすら思える。テーブルの上に放置されていた冷えたバタートーストを齧りながら、さやかは憮然とした自分の気持ちも噛みしめた。

午後一時。昼休みは終わり、既に五時限目の授業が始まっていたが、さやかは悠の真っ白なクロスバイクの荷台に乗り、東急東横線・日吉《ひよし》駅への道を揺られていた。

「具合悪いなら早退しろよ。おれ、チャリで駅まで送るからさ」

と言う、悠の申し出に素直に甘えることにしたのだ。

さやかたちの通う私立應英《おうえい》学園高校は、綱島《つなしま》街道から入った住宅街の外れにある。十二月に入り、道沿いに建つ住宅の庭先から覗く小さな山茶花《さざんか》の枝は、零れ落ちそうなほどたくさんの花をつけている。反対側の軒先の山茶花の花も、色づいてきた。だが、今のさやかにはそんな季節の変化を楽しむ心の余裕もなかった。

「なあ、伊東」

「なに？」

「やっぱ病院、行ったほうがいいんじゃないか」

信号待ちで、悠は振り返り、さやかを真剣な面持ちで見つめながら言った。

「うん……前に、近所の内科には行ったんだけどね」

一ヵ月前、さやかは近所の内科で頭痛を診てもらっていた。風邪だと言われ薬をもらった。しかし、治らなかった。市販の鎮痛剤でも治まらなかった。もっと専門的な病院に行くべきなのかもしれない。そう、薄々感じてはいた。だが、専門病院といってもどこの病院に行けばいいのかよくわからなかったし、漠然と怖さも感じていた。

「そうだね、考えとく」

結局、そう中途半端に答えた。

「無理するなよ」

悠の労《いたわ》りの言葉が嬉しかった。

その時、スカートのポケットに入れた携帯電話がブルブルと震えた。さやかは、荷台に乗ったまま、携帯を取り出してメールを見た。

メールは、りえ子からだった。

「急な取材が入って、帰りが遅くなります。ご飯、適当に買って食べておいてください」

最近、よく読むメール。同じ文章の使い回し。

「伊東、どうかした？」

悠の問いに、

「別に」

とだけ答え、さやかは携帯を閉じた。

2

さやかと別れてから、悠はひとりクロスバイクを漕ぎながら考えた。少しでも自分を頼ってくれるなら、力になりたい。なので、学校へは戻らず、そのまま家に帰ることにした。さやかのために、病院を調べようと思ったのだ。

実家の『望月酒店』に帰ると、母親の鈴子《すずこ》が「あんた早いわね？」と怪訝そうに悠を見た。「期末テストの準備期間だから」と、適当な嘘を言って逃げようとしたが、「じゃ、夕方まで手伝いなさい」と、配達や商品整理の手伝いを押しつけられた。倉庫から酒の入ったケースを運び、父親の守《まもる》の配達に付き添い、家に戻ってからは在庫の整理に追われ、結局、もともとやりたかった病院探しを始められたのは、午後七時を回ってからだった。

「母さん、これで終わりだよな？」

悠は、シャッターを閉めている鈴子が頷くのを確認すると、事務机の上に置いてあるパソコンの画面に向かった。仕入れ関係のエクセルを閉じ、代わりにインターネットのブラウザを立ち上げた。本当は自分の部屋で落ち着いて検索をしたいのだが、悠の家にはパソコンはこれ一台しか無い。

「あんた、何やってんの?」

鈴子が不思議そうに画面を覗き込む。

「いいから、見てんなよ!」

悠は鈴子を両手で追い払い、そして、検索サイトで、『頭痛』『病院』とタイピングした。カリカリカリと旧式のコンピュータが動き、検索結果が大量に表示された。

「!」

検索結果は、なんと二千七百十万件もある。

〈薬を使わない原因除去治療〉

〈テレビで紹介された、脳ドック〉

〈頭痛を伴ううつ病・心のケア〉

…………。

しかも、治療内容が幅広すぎる。いったい、どの項目を見れば、さやかがどこの病院に行けばいいのかがわかるのだろうか。

悠は、検索結果の初めのほうにあった〈頭痛診断サイト〉を開いてみる。

「頭が痛い、病院へという前に、症状からどんな種類の頭痛なのか診断してみましょう」

と書かれている。

読む。

読む。

読む。

しかし、どれほど読んでも悠には、「頭痛にはたくさんの病気が隠されている」という事実以外はわからなかった。だいたい、「頭痛の種類はズキズキする痛みですか？　チクチクする痛みですか？　それともガンガンしますか？」などと抽象的な擬音語で聞かれても、悠はもとより、当事者であるさやかですら判断しようがないのではないだろうか。

「うーん、どうしよう……」

次に思いついたのは、悠たちが通う高校の系列である應英大付属病院でさやかを診てもらうことだった。しかし、應英大付属病院のホームページを開いてみると、こうあった。

〈当院は高度医療を提供する「特定機能病院」として厚生労働省から認可されてお

り、受診には原則として、他医療機関からの「紹介状」が必要です〉

悠は椅子の背にもたれて溜息をついた。国語があまり得意では無い悠にも、この病院では飛び込み受診は歓迎されないのだ、という拒絶のニュアンスは読み取れた。同じような規模の大病院は軒並みアウトなのだろうか……しかし、何とか、受診できる大きな病院を探し出して、さやかの笑顔を取り戻したい。街の小さな医院で、薬局で売っているような鎮痛剤を渡されるだけではダメな気がして仕方がない。悠は、必死に検索を続けた。

一時間近くは調べただろうか。

ふと、〈医療コーディネート株式会社〜医療相談承ります〉という文字が悠の目に留まった。サイトを開くと、ペールブルーの背景に優しいパステルカラーの色合いのボタンが並んでいる。

〈どこの病院にかかればいいか、どう医師に症状を伝えていいか、お困りではありませんか？　治療法の選択のためのアドバイスが必要ではありませんか？　医療に関する不安やお悩みに、二十四時間、お答えします〉

まさに、悠が今、求めていた言葉だった。〈代表：中原永遠子《なかはらとわこ》の紹介〉の項目をクリックしてみると、彼女の写真が掲載されていた。華奢《きやしや》な骨格とは裏腹に、意志の強そうな目をしている。長くてまっすぐな黒い髪が、より一層、彼女の理知的な雰囲気を引き立てている。

写真の横には、永遠子の経歴が掲載されている。

〈関西の看護大学を卒業後、看護師として三つの病院で勤務。その後、海外の看護大学で二年間研修を受ける。帰国後、患者さんとご家族のためにより良い医療を提供するため、医療コーディネーターの資格を取得し、独立〉

医療コーディネーターという職業は初めて聞いたけれど、この人なら信用できそうに思えた。

壁にかかった時計は、午後九時を指そうとしていた。

「悠。あんた、晩ご飯は？」

鈴子が、いつまで経っても食卓に現れない悠を呼びにやってきた。悠は「後で」と鈴子を追い返し、携帯電話を手に取った。

——遅いかもしれないが、ダメもとだ。

悠は、サイトに掲載されている番号に電話をかけた。

3

ＪＲ御茶ノ水駅から徒歩五分のマンション、七〇八号室。

表には、『医療コーディネート株式会社』と刻まれた小さなプレートがかけられている。

室内は、質素な六畳ワンルームである。簡素なスチールデスクが二つ。安物のソファベッドと無造作に畳まれた布団。腰の高さまでの本棚が三つ。それだけの備品で、もう人が通るのがやっとだ。そんな小さな部屋で、三宮幸也《さんのみやゆきや》はカタカタとパソコンの会計ソフトに数値を入力しながら、その赤字の多さに唸っていた。

と、その時、インターフォンが来客を知らせた。

(誰だろう、こんな夜に)

経営者の中原永遠子が帰ってきたのなら、インターフォンは鳴らさない。三宮が扉を開けると、羽田由紀《はねだゆき》が立っていた。由紀は永遠子のかつての同僚で、今は医療コーディネート事務所を横浜に開いている。

「羽田さん……急にどうしたんですか？　それも、こんな時間に」

「うん……あの、中原さんは？」

「千葉に出張してます。もうちょっとで帰って来ると思いますけど」

「そう」

「？」

「でもいいや。会わずに帰る」

由紀はそう言いながら、手にしていた紙袋を三宮に差し出した。ずしりと重い。中に入っているのは、一月ほど前に永遠子が由紀に貸し出していた医学論文や書物らしい。

「え、どういうことですか？　この資料、もういいんですか？」

「いろいろ考えたんだけどね……私、辞めることにした」

「え」

「医療コーディネーター、やめる。中原さんには申し訳ないけど……」

突然の告白に三宮は慌てた。永遠子が由紀を同業者として尊敬し、その活動を励みにしていたのをよく知っていたからだ。

「待ってくださいよ！　羽田さん、うちの中原と、『医療コーディネーター』っていう仕事は、絶対これからの日本の医療に必要だよね。この仕事が社会に根付くまでは絶対頑張ろうね』って、よく話してたじゃないですか」

「…………」

「羽田さん！」

「……実はさ、もう経営がどうしようもないの。スタッフのお給料も払えないし、事務所の家賃も三ヵ月溜まってるの」

「…………」

三宮は言葉に詰まった。三宮自身も、医療コーディネーターという仕事をビジネスとして成立させる難しさは身に染みて感じている。医療コーディネーターとは二〇〇三年に産声《うぶごえ》を上げた新しい民間の資格で、病院や治療方法の選択に関する意思決定支援や、終末期の患者のためのケアなど、これまでの医療機関がフォローしきれない部分のサポートをする職業である。

患者や家族とのやり取りは、時に厳しいものになる。対立する家族たちの間に入り、どの治療が患者にとってベストなのかを、何時間でもとことん話し合う。はっきり言って、心身は激しく消耗する。にもかかわらず、医療コーディネーターという仕事は、これが笑ってしまうくらい儲からない。一般市民の認知度がまだ低いことに加え、相談者は長期の医療行為で経済的に困窮しているケースも多く、しばしば報酬を受け取り損ねる。仕事をすればするほど事務所の経営が厳しくなる。矛盾である。

秘書として雇われたはずの三宮も、今はボスである中原永遠子のスケジュール管理のみならず、経理も総務もトイレ掃除も永遠子の靴磨きまでも、一人ですべてこなしている。給料は激しく安い。が、三宮は文句を言えずにいる。事務所の運営費が足りない時には、中原永遠子が看護師時代の貯金を切り崩して三宮の給料に充てることを知っているからだ。しかも、その貯金も三宮の計算ではあと一ヵ月で尽きてしまうはずだ。

由紀の事務所の経営も、ここと似たり寄ったりの状態なのはもともと想像がついていた。だからこそ、ここで心折れて欲しくなかった。

「もう少し、もう少しだけ頑張りましょうよ。永遠子さんも、医療コーディネーターの支援システムみたいなものを絶対に作ってみせるって言ってますし」

三宮が頭を下げると、由紀は力なく笑った。

「私もね、すごくやりがいのある仕事だとは思うよ。実際、そのやりがいだけで、何年も食いつないで来たようなものだし。でもね……もう限界なの。力不足でごめんなさい」

　由紀はうつむいて声を詰まらせた。

「中原さんにも、ごめんなさいって伝えて。顔見たら、私、泣いちゃいそうだから、会わずに帰るね」

　言い残すと、そのまま由紀は帰っていった。

　三宮は、しばらく、経理仕事に戻る気力が湧かず、ひとりぼんやりとデスクに頬杖をついていた。永遠子が受けるショックの大きさが想像できた。あと少ししたら、千葉の出張から彼女は帰ってくる。そうだ。今日、一日の仕事で疲れきっている時に陰気な話をするよりも、何か他に良い知らせがあった時に頃合いを見計らって由紀のことは報告しよう。そうしよう。それまで、由紀から返却されたこの資料たちは隠しておこう。三宮は狭い室内を見渡し、資料は押し入れの天袋の奥に隠すことにした。ソファベッドの脇に油圧式の椅子を移動させ、その上に乗った。

「ただいま」

　入り口の扉が開いた。バッド・タイミング。入ってきたのは、この事務所のボス、中原永遠子だった。三宮は慌てて椅子から飛び降り、手にした紙袋を後ろ手にしたが、彼女はめざとく、

「それ、羽田さんに貸してた資料でしょ。なんでここにあるの？」

と聞いてきた。

「えーと、さっき返しに来たんですよ。もう読んだからって」

「やっぱり辞めるって？」

「え？」

「医療コーディネーター。辞めるって？」

「………………」

「何となく、そろそろかなって思ってたのよ。残念ね。また優秀な医療コーディネーターが減っちゃったわね」

三宮は黙ってドリップ式のコーヒーをカップにセットし、ポットから湯を注いで永遠子に手渡した。永遠子は受け取りながら、

「あーあ、どっかからお金が降ってこないかなあ。お金さえあればいろんなことが解決するのに」

と、子供のようなことを言った。

三宮はただ黙っていた。何を言えばいいのかわからなかった。

「そういえば、さっき幽霊に遭ったわよ」

永遠子はいきなり話題を変えた。

「千葉の帰りに聖カタリナの脳外に寄って、大橋《おおはし》先生を待ってたの。ま、結局、門前払いされちゃったんだけど。その時出たのよ。早苗《さなえ》さんの幽霊」

「またバカなことを……不謹慎ですよ」

「だって、早苗さんよ？　化けて出てきても不思議ではないでしょ？」

日吉《ひよし》早苗は、半年前に関わりのあった患者だ。四十三歳のシングルマザー。彼女はとある病院で末期の転移性脳腫瘍だと診断されたのだが、諦めきれず、より回復の可能性のある病院を探したいということで、永遠子のもとに電話をかけてきたのだった。

永遠子は、引き受けることを前提として、相談料のシステムの話を始めた。すると早苗は「えっ？　お金が要るんですか？」と驚き、それなら払う余裕はないからと、途中で電話を切ってしまった。早苗の病状が気になる永遠子は、「お金は気にしなくてもいいから相談内容を聞かせてください」と後から何度か電話をかけ直した。が、彼女は「そういう訳にはいきませんから」と、頑なに辞退したのだった。

早苗はその後、聖カタリナ総合病院に入院し、治験という名の下《もと》に高価な薬を次々に投与された——正確には、投与されたらしい。担当医は脳外科部長の大橋賢治《けんじ》。そして痛みのケアも充分にされないまま、多額の借金だけを残して亡くなった。

三宮は、永遠子とともに早苗の葬儀に出向いた。ひとり残されたわずか三歳の息子の無邪気な笑顔に胸が痛んだ。永遠子は、その百倍も胸を痛めていただろう。そして、三宮の百倍、そのような非人道的な治療をした病院にも腹を立て、そして力になれなかった自分自身に腹を立てただろう。

それからだ。永遠子が聖カタリナ総合病院に足しげく通うようになったのは。そして、脳外科部長の大橋に、早苗の治療についての説明をしつこく求めているという。

「私はね、早苗さんみたいな患者さんこそ、助けたいの。お金なんか度外視して、全国どこへでも飛んでいきたい。どんな小さな悩み事にも、時間をかけて親身に応えたい。事務所だって、こんな狭い賃貸マンションじゃなくて、もっと誰もが気軽に相談に来られるような広い場所に移したい。あちこちから優秀なスタッフも集めて、後継者と言える人材も育てたい」

その時だった。事務所の電話の呼び出し音が鳴り始めた。一瞬遅れて、永遠子の携帯電話も鳴る。〝二十四時間対応〟をうたっている以上、サイトに掲載してある番号への電話はすべて、事務所の固定電話と永遠子の携帯電話、そのどちらにも繋がるように設定してある。

三宮は、事務所の電話の受話器を取り、スピーカー機能をオンにした。始めに電話を取るのはたいてい三宮だが、通話を永遠子にも聞こえるようにするため、二人とも事務所にいる時はこのやり方を取っていた。

「はい、医療コーディネート株式会社です」

「あ、あの……望月と言います。今、いいですか」

電話の向こうからは、おずおずとした少年の声が返ってきた。

「どうされましたか？」

「あ、えっと、クラスの友達が、頭が痛いってしんどそうで……」

「はあ」

「あ、その子、テニス部のエースなんですけど、急に空振りばっかするようになって、変なんです」

次の瞬間、永遠子は無言で受話器をひったくった。

「もしもし、お電話代わりました。医療コーディネーターの中原です」

永遠子は、受話器を耳に当てながらさっとメモを取り出し、ペンを構えた。既に、仕事用の厳しい顔になっている。

「順番に聞かせてください。あなたのお名前と、患者さんとの関係、患者さんの名前、住所、性別、年齢は？」

少年は高校生で、望月悠と名乗った。ひと通りの基本情報を聞き出した後、永遠子は本題へと入る。

「お友達の伊東さやかさんが頭が痛いと言い出したのは、どれくらい前からですか？」

「おれが気づいたのは、多分先週くらいからかな……。でも、ひょっとしたらもっと前からだったのかも。あいつ、あんまり痛いとか、しんどいとか言わないから」

「熱はありそうでしたか？　薬は、飲んでいましたか？」

「あ、熱のことはわからないけど、薬は飲んでたみたいです。全然効かないって言って、今日も学校、早退してました。あ、おれが早退しろって言ったんですけど」

永遠子は、すべてを丹念にメモする。

「伊東さんは、普段、眼鏡をかけていますか？」

「え、眼鏡？」

「はい。眼鏡の度数と視力が合わずに頭痛を引き起こす場合もあるんです」

「へえ。いや、彼女は眼鏡はかけてないです」

「咳をしたり、手が震えたりはしてませんか？」

「それは、あんましてなかったような……」

「部活で空振りを何度もしているんですね？」

「そうそう、あんなのありえないですよ。ボールと全然違うところにラケットをひゅん、ってしてたんです。それも、連続で。なんか、ボールが見えてない感じがしました」

永遠子は、ひとつひとつの訴えを事細かに記していく。電話でも、可能な限り細かく問診する。それがいつもの永遠子のやり方だ。

「やっぱ、ちゃんと診てもらって、もっと効く薬を出してもらいたいなって思うんですよね。どこか良い病院、紹介してもらえませんか」

「そうですね……」

永遠子は、ここで、少し間を空けた。それから、

「患者さんによって、〝良い病院〟の基準は変わってくるので、なかなか一言では言い切れません」

と、あえてネガティブな言葉で切り出した。

「えっ……そういうもんなんですか？」

「通いやすさが一番と言う患者さんもいれば、どんなに遠くても名の知れたお医者さんに診てもらいたいと言う患者さんもいらっしゃいます。待ち時間が短いところがい

い、綺麗な病院がいい……基準は、いろいろあります」

「そりゃ、そうでしょうけど」

「でも、今伺った範囲で言えば、少なくとも脳の精密検査ができる設備が整っている病院がいいでしょうね。伊東さんの症状なら、偏頭痛やストレスからくる頭痛なども考えられます。ご本人からきちんと伺わないと判断はできませんけど、何が頭痛の原因なのかを確実に知るためには、やはり、精密検査をされたほうがいいと思います」

「精密検査……」

「はい。私の知る限り、白金台《しろかねだい》にある聖カタリナ総合病院の脳外科医、桧山冬実《ひやまふゆみ》先生に診てもらうのがベストでしょう」


いきなり、永遠子が固有名詞を出して言い切ったので、三宮は椅子から転げ落ちそうになるほど驚いた。精密検査をされたほうが……までは、聞き慣れた会話の流れだ。だが、医療コーディネーターは、自分の判断をクライアントに押しつけることは決してしない。普段の永遠子なら、いくつかの病院の名前を挙げつつ、それぞれの長所・短所を丁寧に説明したはずだ。

しかも、言い切った先が、現在、永遠子が激しく揉めている聖カタリナ総合病院である。確かに、脳外科医の桧山冬実は、長期凋落《ちょうらく》傾向にある聖カタリナでは、唯一、全国区で通用するスター外科医ではある。診断は的確で、オペの経験も豊富。今、多くの病院が、桧山冬実の引き抜きを目論《もくろ》んでいることを三宮も知っていた。

「聖カタリナって名前、おれも聞いたことがあります。その先生なら、さやかを診てくれるんですか？」

電話の向こうの若い声が、やや弾んだ。

「少しお待ちくださいね。三宮くん、次の桧山先生の診察日、調べてもらえる？」

三宮は永遠子に促され、急いで聖カタリナ総合病院のサイトを開いた。そして、モニター画面を永遠子に見やすいようぐるりと回してやった。永遠子はその画面を見ながら、

「桧山先生の診察で一番近いのは、三日後の木曜日ですね。もしご本人やご両親が受診を希望されるようでしたら、診察予約の手配をしますので、ご連絡ください」

と朗らかに言った。

「はい！　ありがとうございます！」

最初の不安そうな様子が嘘のような明るい声が返ってきた。電話はそこで終わっ

た。

「ビックリしましたよ。いきなり、聖カタリナですか。まさか、桧山先生をダシにして、大橋部長の診察室に乗り込んでやろうと思ってるんじゃないでしょうね？」

「いやいや、全然」

三宮の目を見ずに永遠子は答えた。

「思ってるでしょう？」

「全然。全然。桧山先生は良い先生じゃない」

しれっとした態度で、永遠子は新しいコーヒーを淹れ始めた。それで、三宮も、それ以上追及する気がなくなった。確かに、桧山冬実の評判は良い。患者のためにもなるし、そのうえで永遠子の目的も果たせるのならば——どんな目的かはあえて聞かないが——何の問題も無い。だから、ここ最近、何度も口に出している言葉でもって、三宮はこの話題を締めくくることにした。

「ちなみに、さっき、相談料の説明してないですからね。次に連絡があったときは、必ず相談料の話もしてくださいね！」

永遠子は肩をすくめただけで、イエスともノーとも答えなかった。

4

代官山駅からほど近い高級マンション『クラッシィ代官山』、四〇一号室。

桧山冬実は、マンションのベランダで夜風に吹かれていた。冷たく澄み切った風に頬をなでられているうちに突然、切りたい!! という衝動が冬実を襲った。素早く自室に戻る。十五畳ほどの広さ、壁一面に据えられた天井まで届く大きな本棚を、月明かりが照らす。ずらりと並ぶ英字の背表紙は、冬実がこつこつと買い集めた医学書だ。扉側の壁には、幅二メートルほどのシンプルなデスク。机上でひときわ目を引くのが、ずっしりと厚みのあるガラスケースに収められた、脳の模型のディスプレイだ。そして、もう片側の壁にぴたりと付けるように、真っ白な寝具で調えられたシンプルなベッドが置かれている。まるで研究室のような部屋の真ん中に、冬実はあぐらをかき、目を閉じた。

脳幹部海綿状血管腫。

今は、これを切りたい。

これまで二百例近くのオペを積み重ねてきている冬実が、まだ一度しか手がけたことのない、脳幹部海綿状血管腫の手術。近年発達した脳幹部マッピングの技術により、治癒の可能性が高くなってはいる。が、かつては〝no man's land——未踏の地〟と呼ばれていたほどの難手術だ。冬実はそれを、今からシミュレーションしようとしている。言わば「エア手術」だ。

ストップウォッチを作動させ、目を閉じる。

冬実の瞼の裏には、今、患者の頭部がクリアに映されている。

冬実は、いつも自分が使用している術具セットを思い浮かべる。

看護師の正木恵《まさきめぐみ》が、その中からメスを選ぶ。

そして、第一助手の真田《さなだ》拓馬《たくま》の手を経て、冬実へと届く。

メスを握った冬実は、まず、右耳の後方の皮膚を切開する。

頸動脈を傷つけないギリギリのポイントにメスを入れ、開創器で創部を開くと、頭皮は綺麗に剝がれ、頭蓋骨が現れる。

次に、角に四つ、ドリルで直径一・五センチほどの穴を開ける。すぐ下の硬膜を傷つけないよう、細心の注意を払いながらだ。

硬膜剪刀で硬膜を切り、開くと、脳が露《あらわ》になる。

ここからは、顕微鏡を覗きながらの作業になる。冬実の脳裏に浮かべた患者の脳も一気にズームアップされる。

脳幹部は自律神経やホルモンなどあらゆる生命活動のターミナルと言うべき、神経組織の密集地点であり、一ミリでも傷つけると麻痺など後遺症が残る危険がつきまとう。その中を進むスリリングさに、冬実はぞくりと背筋を震わせた。

いよいよ、冬実はマイクロメスに持ち替え、幾重にも重なったくも膜を切り分けていく。

血管や神経に触らないよう細心の注意を払いながら、指先の細かい動きを駆使して、一枚、また一枚、くも膜を切り開いていく。

そうして奥へ奥へと進み、ようやく病変へと辿り着くのだ。

ここで、正常組織と病変の境界を知るために、第四脳室底のマッピングを行う。患者の脳を電極で刺激し、身体が反応する部分にはメスを入れないためだ。

冬実は、まず、最も病変に近いポイントを刺激する。

右手が動く。

NGだ。

次に、そこから一ミリ外側を刺激する。

ここには、反応がない。メスを入れるポイントの候補だ。病変の境界に、印をつける。

さらにポイントを探る。もっとも、今研究中の脳機能iPS細胞再生術が確立すれば、これらの手順も大幅に省けるだろうが——。

「ね、今日、出前でいいかな？」

突然声をかけられ、冬実ははっとして目を開けた。五歳年上の姉・桧山夏帆《かほ》が、書斎の戸口に立っていた。

「あ。もしかして今大事なところだった？　あたし邪魔だった？」

夏帆は、冬実に向かって謝るように手を合わせた。冬実は、

「ううん、いいのいいの。出前でもいいいんじゃない？　私、うどん食べたいな」

と、夏帆に答えた。

「わかった。や、ほんと邪魔してごめんね。あたしって間が悪いんだよね。冬実、仕事のこと考えてたんだよね？　冬実が一生懸命働いてくれるおかげで、ご飯食べられるんだから、邪魔しちゃいけないよね。ごめんごめん」

夏帆はにこやかに、しかしあまり済まないとは思っていなそうな口調で言った。冬

実も、にっこりと答える。

「ううん。お姉ちゃんが医大まで行かせてくれたおかげでこの暮らしがあるんだから。気にしないで」

冬実のこの返答も、もはやお約束になりつつある。

「そっか。ま、それもそうだよね。あはは」

と、姉妹は朗らかに笑い合った。そして、ひとしきり笑った後、

「じゃ、電話かけてくるね」

と、夏帆は顔を引っ込めた。傍《はた》から見れば、普通に仲の良い姉妹の会話に思えるかもしれない。しかし、冬実は時折、この空々《そらぞら》しい会話に、張り詰めた心の糸がぷつりと切れてしまいそうになる。

はじめからこんな関係だった訳ではない。

冬実にとって、夏帆は幼い頃から憧れの、自慢の姉だった。容姿も美しく、社交性も豊かで、いつもたくさんの友人やボーイフレンドたちが夏帆の周りを囲んでいたものだ。どちらかと言えば人と関わるのが苦手な冬実は、夏帆のことが純粋に羨ましかったのだ。夏帆も、そんな冬実をかわいがった。冬実が中学三年生、夏帆が短大生の時、父母が不慮の事故で亡くなった。夏帆は通っていた短大を辞め、赤坂のクラブで

ホステスとして働いた。冬実の高校三年間の学費、医大への入学費や学費まで、すべてを一人で稼ぎ出し、冬実を養ったのだ。冬実はそんな姉に恩返しをするために、がむしゃらに勉強し、聖カタリナで脳外科医となってからもがむしゃらに働いたのだ。少しでも、姉を楽にさせるために――。

いったい、いつからその関係が崩れてしまったのだろう。

「ねえねえ、冬実」

冬実の思考を分断するように、また夏帆の声が割り込んでくる。

「さっき冬実、うどんがいいって言ってたよね？　でも、あたしピザも食べたいんだよね。どっちがいい？　いっそのこと、どっちも頼んじゃう？」

「いいよ、どっちも頼めば？」

と、冬実は笑顔を作って答える。夏帆は「うーん」と腕組みした。

「でもさ、それって無駄遣いしてることになる？　やっぱそうだよね？　せっかく冬実が稼いできたお金なのにさ。あたしみたいにろくに働きもしない人間が、そんな贅沢するなっつーの？　あはは、もっと自重しろ、ってね？」

冬実は、うんざりした思いを丁寧に隠し、優しい声色で言った。

「お姉ちゃんはそんな余計なこと、気にしなくていいんだよ。何でも好きなの頼みなよ」

「さっすが！　センセイって持ち上げられてるだけあって、太っ腹だね！　じゃ、どっちも頼んじゃおっと」

夏帆は、機嫌良く鼻歌を歌いながらリビングへと戻っていった。冬実は思わず、ふう、と溜息をつく。やはり、働き始めてから、もう少し姉の様子に気を配っておくべきだった。聖カタリナに勤めて以来、慣れない当直や緊急オペをこなすのに精一杯だったとはいえ、もう少し、きちんと会話をしていればよかった。夏帆が抱えていたであろう、寂しさや、年齢が上がっていくことへの焦り、妹が自分の収入を追い抜いていくことへの悔しさ……すべて、きちんと話し合っていれば、こうなる前に理解し合えたはずなのに。それにしても、ピザを食べたい、ということは――。

「あ、ねえ。言っとくけどさ」

と、夏帆はまた、顔を出した。

「別に、あたし、飲みたいからピザを取るんじゃないよ。ちゃんと禁酒してるからね。ワインもビールも頼まないからね。後でちゃんとレシート見てね」

「わかってるよ。信じてるから」

冬実は、夏帆の目を見て答えた。

「ごめんね、飲まないとちょっとイライラはするかもしれないけど、絶対、絶対、我慢してるから！」

「うん。信じてる」

そう冬実が頷くと、夏帆は満足したように姿を消した。冬実は先程よりも深い息をついた。五時間ずっと集中し通しのオペよりも、数倍体力を消耗したような気がする。

両頬を強く叩いて気を引き締める。オペのシミュレーションに気持ちを戻すため、冬実は本棚から論文のファイルを抜き取った。表紙の『脳機能iPS細胞再生術について　帝都大学医学部付属病院脳神経外科　鳴沢恭一《なるさわきょういち》』というラベルを、冬実はそっと指でなぞった。

遺伝子をヒトの細胞で培養することにより、細胞が作られる。その細胞は、様々な臓器に分化する能力を持っている——それがiPS細胞（人工多能性幹細胞）である。

組織分化の研究はおよそ二十年前から始められた。ヒトの身体は受精卵が分化して形作られるものだが、そうではない細胞からもあらゆる組織に分化させることができれば、病気やケガで失われた臓器を再生することが容易になるのではないか――このような目論見《もくろみ》から、この研究は実現すれば医療を飛躍的に発達させるものとして、当初から期待されていた。

まず試されたのは、発生初期の胚を母胎から取り出し、そこから得た細胞を分化させるという手順だった。技術自体はある程度確立されたが、個体に育つはずの胚を第三者の手で潰してしまうことについて、倫理的な問題が挙げられていた。また、胚を取り出す際に母胎を傷つけてしまうというリスクも避けられない。さらに、せっかく培養された細胞も、患者に移植すると拒絶反応を起こしかねない危険性があった。それらの問題点をクリアしたのがｉＰＳ細胞である。

ｉＰＳ細胞は患者本人の皮膚に由来するため、拒絶反応の危険もなく、倫理的な問題も問われない。このｉＰＳ細胞を脳外科医療に応用させた第一人者は、鳴沢恭一という脳外科医だ。五年前に鳴沢が発表した「脳機能ｉＰＳ細胞再生術」の論文は、大きな話題を呼んだ。通常、脳幹部では正常細胞と悪性細胞との境界がはっきりしないため、脳機能を損なわないまま全ての悪性細胞を取り除くのは難しく、化学治療に希望を託すしかない。だが、この脳機能ｉＰＳ細胞再生術は、境界を気にせず悪性と見られる部分を根こそぎ取り去り、脳の損傷した部分にｉＰＳ細胞を植えて神経細胞へと育てることで、脳機能を百パーセントに近い確率で元通りに復元させることができるというものである。

鳴沢の論文には、マウス実験レベルではあるが、ｉＰＳ細胞の神経細胞への分化に成功したことが掲載されていた。ヒトに適用するレベルにはまだいくつかの段階を踏まなければならないが、鳴沢は脳幹部の悪性腫瘍における画期的な治療法を発明した風雲児として一躍有名になった。脳機能ｉＰＳ細胞再生術は国が主導する研究プロジェクトにも指定された。このまま鳴沢がこの術式を確立させ、エリート脳外科医としての地位を不動にするものだと、誰もが思っていた。だが、その後、鳴沢はｉＰＳ細胞とはまったく無関係のとある手術でつまずき、医療過誤の訴訟を起こされ表舞台から消えた。

現在、脳機能ｉＰＳ細胞再生術の研究にしのぎを削っているのは、帝都大学医学部付属病院、国立がん治療研究所、聖カタリナ総合病院、東都《とうと》国際中央病院、野津江《のづえ》総合病院の五大病院。冬実も、聖カタリナの一員としてこの研究に携わっている。

――立ち止まっている時間はない。今この瞬間にも、待ちわびている患者はいるのだから。
　冬実は、傍らで時を刻み続けるストップウォッチを止め、一旦、数字をリセットした。そして、オペをもう一度最初からシミュレーションするため、再びスイッチを入れた。

5

　十二月八日。悠が永遠子と約束した、診察の日。悠はさやかと連れ立って、聖カタリナ総合病院の前に立っていた。二人とも、グレーのブレザー、チェックのパンツとスカートという、應英学園の制服姿である。この日まで、悠は店番の合間にパソコンを使い、聖カタリナ総合病院について下調べをしていた。聖カタリナ総合病院は、白金台の住宅街の中に建つ、日本で最も古くからある総合病院の一つで、創設百五年の歴史を誇る、と説明されていた。その歴史を物語るように、東京ドームと同じくらいの広大な敷地内の建物は、ビッシリと緑の蔦《つた》で覆われている。重なるようにそびえ立つ四つの病棟・管理棟は、よく見るとあちこちにほころびが生じている。煉瓦造りの玄関を入ると、二メートルはあろうかという巨大なマリア像が正面に据えられ、その奥にはベージュを基調としたロビーが広がっている。

「聖カタリナ総合病院、ここだよ」

「すごい大きいところなんだね」

さやかの反応は、上々のようだ。悠は心の中でホッと胸を撫で下ろした。

午前八時半、受け付け開始直後のロビーは、かなりの混雑ぶりだった。手を取り合ってゆっくりと診療科に向かう年配の夫婦。初診受け付けの手続きに並びながら乳児をあやす母親。臨月間近の若い女性と付き添いの男性。松葉杖を突きながら売店へ向かう入院患者たち。悠は、人の波をかきわけながら、永遠子の姿を捜した。すると、目の前の長椅子から、すっと一人の女性が立ち上がった。長い黒髪に、意志の強そうな瞳。『医療コーディネート株式会社』のサイトに載っていた人だ。

「すみません、中原永遠子さんですか？」

悠の問いかけに、女性は「はい」と一礼した。

「初めまして、望月さん。中原です。あなたが、お友達の伊東さんですね」

永遠子に声をかけられたさやかは、いささか緊張気味に、

「伊東さやかです」

と自己紹介した。

「伊東さん、お話は望月さんから聞いてます。診察に行く前に、もう一度詳しいことを聞かせていただけますか？」

傍らのさやかに語りかける永遠子の表情は、サイトで見た写真よりもずっと優しそうに見えた。永遠子は一通りさやかから頭痛の症状について聞き出すと、「では、一緒に外来受付に行きましょうか。診察には同席しますから、安心してくださいね」と微笑んだ。

診察棟三階の、廊下の突き当たった場所に、脳外科の診察室はあった。診察室前の長椅子には、既に多くの患者たちが腰掛けていた。

「ここで座って待っていてくださいね。今、初診の手続きをしてきますから」

永遠子が受付に向かうと、悠は手近な長椅子にさやかを座らせた。受付に向かった永遠子は、看護師に何やら話している。看護師は、永遠子を見て、心持ちうんざりとした表情になる。あの人と何かあったんだろうか、と、悠は不思議に思った。

「また、あなたですか」

男性の声がした。診察室に入ろうとしていた、白衣を着た壮年の医師が立ち止まって、永遠子を警戒するように見つめていた。『脳外科部長　大橋』と刻まれたネームプレートを、悠はちらりと見た。

「大橋先生」

永遠子は向き直り、会釈した。大橋は、年齢は五十代に差し掛かったところだろうか。糊の効いた白衣に、きっちりと首元まで締められた紺色のネクタイ、眉間に深く刻まれた皺が、彼の几帳面さを物語っているようだった。

「診察外のお話なら、また改めてもらえますか」

と大橋は永遠子に苦り切った口調で言った。

「いえ、今日は患者さんの付き添いで参りましたので」

永遠子は振り向き、長椅子の悠たちを指した。大橋の視線が向けられ、悠は小さく会釈した。

「そうですか。よろしければ私が診察を」

大橋の申し出に、永遠子は、にっこりと微笑んだ。

「いえ。今日は、桧山先生に診察をお願いしております」

「私の診察では不服ですか？」

「いえ、そういうわけではないんですが」

言いながら永遠子は、クリアファイルの中から素早く茶封筒を取り出した。

「今日は声をかけてくださって、ちょうどよかったです。ずっと、これをお渡ししたいと思っていたんです。どうぞ、お目通しください」

「何ですか、これは」

大橋は渋い表情で封筒を押し返すが、永遠子は「どうぞ」とさらに差し出す。最終的に、大橋は苦々しく永遠子を睨みながらも、無言で茶封筒を受け取った。悠には事情はわからないが、どうやらこの二人は何らかの因縁があるようだ。

「それでは、私たちは桧山先生を待たせていただきますので、失礼します」

永遠子が涼しい顔で頭を下げる。

大橋は「どうぞご自由に」と吐き捨て、立ち去った。永遠子は「よしっ」と小さくガッツポーズをしてから、看護師に向き直った。

「では、問診票、お願いします」

そして、問診票を受け取ると、悠とさやかの待つ長椅子へと戻ってきた。

「あの、中原さん……あの先生と、何かあるんですか？」

「何でもないんですよ。伊東さん、問診票書けますか？」

永遠子は、大橋に対峙していた時とはまったく異なる、柔らかい声でさやかに尋ねた。さやかは「はい」と問診票を受け取り、ゆっくりと書き始める。

「中原さん、さっきの封筒、あれは……」

悠はしつこく尋ねた。が、永遠子は、

「たまたま会いたかった人に会えただけなんで、気にしないで」

としか答えなかった。そして、

「あなたは、伊東さんのことをとにかく考えてあげて。たとえば東京の中でも格段に大きいのは御茶ノ水の東都国際中央病院。今年に入ってからは、腫瘍科、呼吸器科、心臓外科、小児科、整形とまんべんなく良いお医者さんを揃えてる。でもね、脳外科の先生に関しては、やはりここ聖カタリナの桧山先生が信頼できると私は思うの」

「はい……おれ、全然知らないことばっかりで」

「知らないのが普通ですよ。だからこそ、私たちのような仕事が必要なの。患者さんたちの不安を軽くして、医療が円滑に進む関係を作ることが、私たちの役割。だから、不安なことやわからないことは、どんどん相談してくださいね」

「仕事……そうだ、お金!!」

悠の声が少し大きくなった。さやかも、はっとしたように言った。

「私、ちゃんと払います。いくらになるんですか？」

が、永遠子は、「いいの、いいの」と両手を振った。

「今回はいいんです」

「でも……」

「望月くん、伊東さんのために一生懸命だったでしょう。あなたのその気持ちに、私は共鳴したの。私が日頃患者さんに対して思ってることと、一緒だから」

永遠子はそう言ってにっこりと、微笑んだ。悠は、永遠子のサイトを偶然見つけられたのは本当に運がよかったと思った。

一方、脳外科部長室に戻った大橋は、椅子に腰掛け、中原永遠子から渡された茶封筒を乱暴に開いた。封筒の中からは、予想どおりのものが現れた。

損害賠償請求通知書

貴殿に対して通知致します。

平成二十三年五月から六月にかけ、貴殿は患者である日吉早苗に必要以上の投薬を行い、治療費をいたずらに水増ししました。

日吉早苗は、充分な痛みを取るケアを受けることなく、同年九月二十一日に帰らぬ人となりました。

日吉早苗の主治医である貴殿に本事件の責任を問い、賠償金七百万円を請求します

「あの女……！」

大橋も、いたずらに投薬を増やしていた訳ではない。ここ一年、聖カタリナ総合病院は、病院の存続が危ぶまれるほどの経営難だったのだ。

オペの質よりも執刀数、使う薬剤の多さや価格、患者たちの金払いの良さなど、病院の利益に繋がりそうなものを優先させるよう、院長の瀧川一郎《たきがわいちろう》から全科にお達しが出ていた。それに、病院の方針とは別に、投薬を闇雲に批判する世の中の風潮に対して、大橋自身の苛立ちもあった。

投薬のどこが悪いのか。

患者の治癒の可能性を少しでも捨てず、患者に合う薬を様々に試すのは当然のことだ。

医療コーディネーターだかなんだか知らないが、医者でもない、何の関係もない人間に揚げ足を取られるようで、気分が悪い。

大橋は、手にしていた通知書を乱暴に茶封筒の中に戻した。そして、心の中で吐き

捨てた。

　中原永遠子。煩《うるさ》い奴だ。

　第一診察室で、冬実は次に診る初診患者の問診票を流し読みしていた。一日中でもオペに入っていたい冬実にとって、診察にはあまり興味が持てないのが本音だ。だが、勤務医としてはまったく診察を断ってしまう訳にもいかず、週に一度はシフトに入ることになっていた。

　問診票の文字を目で追っていた冬実は、ある記述に目を留めた。

　――ラケットを何度も空振りした。

　これは、複視の症状かもしれない。複視の原因となる症例をいくつか思い浮かべ、冬実はその患者に少し興味を持った。

「伊東さん、お通しして」

　冬実は、看護師の田上千津《たがみちづ》に声をかけた。診察室前に『伊東さやかさん、第一診察室へお入りください』とアナウンスが流れると、ドアを開けて一人の女子高生が入ってきた。そしてその後からは、もう一人、女性が付いて入ってきた。

　母親にしては若いな、と冬実は感じた。

「どうぞ」と声をかけると、二人は揃って簡易椅子に腰掛けた。女性は冬実に向かって会釈し、

「初めまして、医療コーディネーターで、看護師の、中原と申します。今回は伊東さんのご依頼により、代理付き添いとして診察に同席させていただきます」

と告げた。

冬実は、永遠子の顔をじっと見つめた。中原永遠子。どこか、聞き覚えのある名前だ。どこで聞いたのだろうか……しかし、冬実は思い出せなかった。ともかく、今は患者への問診が先だ。

「では、伊東さん。あなたの頭痛について聞かせてください」

「はい」

緊張しているのだろうか、目の前の少女は額に汗をかいている。

「痛みを感じ始めたのは、いつ頃ですか？」

「多分、一ヵ月くらい前からだったと思います」

「その頃からずっと、同じくらいの痛みですか？」

「最近は前よりもちょっと痛い気がします」

「痛みは朝、夜、ずっと一定ですか？　それとも、時間によって違いますか？」

「朝のほうが痛いかな……」

答えを聞きながら、冬実はじっくりとさやかの顔を観察していた。なぜか、汗をかいているのは右側の額だけだった。よく見ると、瞳孔にも左右差がある。

「伊東さん、失礼します」

冬実は、さやかの両頬を交互に触り、

「右と左、感覚に差はありますか？」

と尋ねた。

「……左のほうは、なんかあんまり触られた感じがしないです」

変だなあ、と首を傾げるさやかに、冬実は確信した。ホルネル症候群。片側だけ無汗、瞳孔の左右差。眼瞼下垂《がんけんかすい》は見られないものの、脳腫瘍や脳幹部の異常で起こる独特の症状だ。

冬実の胸の鼓動が人知れず高まった。

万が一、この子の脳幹部に腫瘍があれば、そして悪性細胞が混ざっていれば、脳機能iPS細胞再生術の初めての適用患者になる!!　昨夜のシミュレーションが現実になるかもしれない！

さやかの傍らでじっと黙っていた永遠子が、

「できれば、精密検査を受けたほうが良いと思うんですが」

と、初めて口を挟んだ。

――もちろん！　絶対に受けてもらう！

冬実は、内心の興奮を隠し、努めて淡々とした口調で、「そうですね。すぐに検査をしましょう。明日には検査結果が出るので、それから今後の治療方針を決めましょう。万が一、脳や血管に異状があっても、きちんと処置をすれば、これまでどおり問題なく日常生活を送れますよ」

と話した。

「え……もしかして、手術なんてこともあるんですか……？」

「ええ。その場合は、責任を持って、私が執刀します」

冬実が告げると、さやかはじっと押し黙った。


一分後。

永遠子は、さやかを伴って診察室の外に出た。ひとりで不安気に待っていた悠は、慌てて長椅子から立ち上がり、「どうだった？」と駆け寄ってきた。

「これから検査だって。もしかして手術になるかも」

「えっ」

「どうしよう、なんか悪い病気だったら」

　さやかは不安そうに口にした。それを聞いた悠も、青ざめて無言になった。それで、永遠子は、あえてフランクな口調でふたりに検査の詳細を説明することにした。

「これはMRIとMRAと言って、脳の状態と、脳の血管の形に異状がないかどうかを調べる検査。痛くもないし、それほど時間もかからない検査よ」

「…………」

「すぐに検査を決断してもらえてよかった。いい加減な医者だと、頭痛と言うだけで、風邪だとか過労だとかストレスだとか、検査もせずに杜撰《ずさん》な診断をする人もいるからね」

「…………」

「長い目で見たら、早めに検査を受けておいたほうがずっと安心でしょう？　万が一、何か病気が見つかったとしても、早期発見であればあるほど、治療もスムーズに進むものよ」

「……そうですよね」

　さやかは、そっと自分の左頬を指で触った。やはり、感覚はないようで、

「放っておいたほうが怖いんですもんね。これでよかったんですよね」

　と、確かめるように何度も言った。

「もしも別のお医者さんの意見も聞いてみたいなら、これからの検査結果を持って、他の病院にも行けるわよ」

　と、永遠子が付け加えると、さやかはようやくほっとした様子で、

「ありがとうございます」

　と頭を下げた。

「ほんとに、ここに来られたのも中原さんのおかげです」

　悠も、

「ありがとうございますっ！」

　と頭を下げる。永遠子は、

「良い結果が出るといいね」

　と、穏やかに笑った。

「何か不安なことがあったらいつでも力になるから。でも、これからは、ご家族や周りの方も支えてあげないといけないので、望月くんもお願いね」

　永遠子の励ましに、悠は照れくさそうに「はい」と頷いた。この時、永遠子はま

だ、そうは言ってもさやかの病気は他愛ない偏頭痛の可能性が高いはずだと、自らに言い聞かせていた。そうであって欲しい。もちろん、悠もそう思っていた。さやかもまだ、そう思っていた。

間章

「代官山交番、巡査の南《みなみ》です。恵比寿西一丁目、クラッシィ代官山に到着。四〇一号室のリビングにて、身元不明の少年一名、女一名を発見しました」

警官は、署に報告をしながら、ちらりと女を見た。女は微かに瞬きをしてはいるが、いまだ身じろぎもしていない。

「少年は死亡しております」

少年の頬は血の気を失い、氷のように冷たい。彼の若さを思うと、警官の胸は締め付けられた。

「年齢は十代半ば。身長百七十センチくらい。服装は、グレーのブレザーに白のカッターシャツ、グレーのチェックのズボン」

警官は少年のシャツを開く。胸元の刺し傷には、まだ固まりきらない血液がこびりついているのが見えた。

「胸を刺された模様です」

その時、少年のブレザーの左胸についているエンブレムが、警官の目に留まった。鳳凰《ほうおう》をかたどったマーク、それは彼にも見覚えのあるものだった。幼稚舎から大学まで一貫して名門と呼ばれる、有名な私立学園の校章である。

「被害者は中学生もしくは高校生、應英学園の生徒であると見られます」

その時、警官は、少年の胸ポケットに何かが入っているのに気づいた。取り出してみると、同じ校章が表紙に付けられた手帳だった。生徒手帳。片手で裏表紙をめくり、記載されている氏名を確認した。

「被害者の氏名は——望月悠」

警官は立ち上がった。

「至急、鑑識を回してください。これは、殺人事件です」

第二章

1

十二月八日、午後六時。

聖カタリナ総合病院脳外科医・真田拓馬はカンファレンス室の扉を開けた。

「日比野《ひびの》、検査結果のデータを持ってきたぞ」

白いスクリーンを天井から下ろしていた日比野信吾《しんご》に声をかける。それから、ノート型PCの電源を入れ、スクリーンに画像が映るよう、調整する。これから始まるカンファレンスの準備である。このような雑用は、いつも真田と日比野の役割だった。同じ脳外科の若手でも、桧山冬実は雑用を一切しない。それが、真田には以前から不満だった。

扉が開き、冬実が姿を現した。冬実の後ろから、脳外科部長の大橋も続いて入ってくる。真田は日比野を促し、素早く席に着いた。

「伊東さやかの検査結果は」

大橋が口を開くと同時に、日比野がモニターに検査結果を出す。スクリーンに映し出されたＭＲＩの大きな画像を、冬実は凝視した。

――間違いない。これは「脳幹部海綿状血管腫」だ。

中脳底部に、特徴的な桑の実状の血管腫。直径は二十ミリ。一度目の出血だけで収まる場合もあるが、今後出血を繰り返せば、そのたびに悪化する可能性が大きい。二度目に出血した際に、腫瘍がどれだけの大きさに膨らむかは正確に予測できない。現段階で切り取っておくべきか、それとも経過観察をすべきかは、難しい判断である。

「脳幹部の血管腫手術はリスクが高い。まずは定石どおり、経過観察で様子を見るほうが良いだろうね」

大橋が、慎重論を出した。

「そうでしょうか」

冬実は即座に反論した。

「ここ、右に隆起しているところ、出血しかかっていますよね。二回目の破裂が間近ではないかと思いますが」

大橋や日比野とともに、真田も身を乗り出して冬実が指差す箇所を見つめた。言われてみれば、確かに、冬実が指摘するとおり、出血の兆しが見られた。自分ひとりなら見逃していただろう微かな兆しだった。冬実はさらに続けた。

「伊東さんには、既に、複視などの症状が出ています。致命的な症状が出る前に、手術に踏み切ったほうが得策だと思われます」

大橋は腕を組み、考え込んでいる。冬実は、さらに畳み掛けた。

「もちろん正常細胞を傷つけるリスクはあります。しかし、細胞を高確率で修復させる治療法が、私たちにはあります」

真田は、信じられない思いで冬実を見つめた。それは、まさか、脳機能ｉＰＳ細胞再生術のことを言っているのか？

が、冬実の言葉で、大橋は黙り込んでしまった。本来であれば「あれはまだ臨床適用の承認がおりていない。倫理委員会に申請しなければ」と告げるべきなのに――真田には、大橋の考えていることが容易に想像できた。

冬実の提案には、抗いがたい魅力が潜んでいる。もしこの伊東さやかが脳機能ｉＰＳ細胞再生術を適用する第一号患者になれば、聖カタリナは経営的苦境から脱出するのみでなく、日本の脳外科医療を牽引するポジションにまで返り咲けることだろう。

カンファレンス開始から十分後、大橋の、

「桧山の方針で行けるかどうか、院長に確認する」

と言う声が、会合を締めくくった。


その結論は、翌十二月九日、伊東さやか本人に知らされた。家族の代理として診察室に付き添っていた永遠子も、さやかと悠と一緒にその知らせを聞いた。

――まさか本当に、脳幹部海綿状血管腫だったとは……。

「それってどういう病気なんですか?」

とさやかは尋ねる。

「これは、繰り返し出血が起こる病気です。このMRIの画像をご覧ください。ここに、一度目の出血でできた血管腫が見られます」

ケッカンシュという言葉の不気味さに、さやかは身体を硬くした。

「……私の脳に、これができてるっていうことですか?」

「はい。検査の結果、伊東さんの患部には新たな出血の兆しが見られます。私の見解としては、すぐにでも血管腫を除去するほうが安全だと思われます。もちろん、手術のリスクもゼロではないですが」

「……手術、するんですか?」

「詳しくは保護者の方ともお話ししてから結論を出しますが、手術を受けていただくことをお勧めします」

冬実の宣告に、さやかは「どうしよう……」と呟いた。

「手術って……頭を切るんですよね？　怖いな……」

さやかの声に、徐々に嗚咽《おえつ》が混じっていった。永遠子はさやかの背中に手を回し、

「手術は全身麻酔で、眠っている間にあっという間に終わってしまうし、それに、桧山先生は脳外科の世界では日本で最高の先生よ。さやかさんはとても幸運だと私は思うわ」

と、さやかを励ました。その後、冬実が、柔らかな声で、

「特に伊東さんの年齢くらい若いと、血管腫をそのままにしておけば再出血するリスクは高いんです。その場合、どれだけの激烈な症状になるか、私たちにも正確な予想はできません。放っておくほうが怖い、というのが私どもの意見です」

と、補足した。さやかはなおも、洟《はな》をすすりながらじっと思いを巡らせている。

「先生。手術をしたら、彼女は健康になるんですよね？」

と、悠が横から口を挟んだ。冬実は、

「ええ。そのために、私は最善を尽くします」

と頷いた。そして、さやかのほうに向き直り、

「詳しい治療方針は親御さんも交えて決めていくことになりますが、できれば速やかに入院手続きをしていただきたいのですが」

と尋ねた。

「親御さんからは、緊急の事態であれば判断を任せると、依頼されています。伊東さん、ひとまず入院するということで、良いですか？」

永遠子が、さやかの目をじっと見つめながら言った。さやかは、それでもなお、迷っている仕草をしていたが、やがて、小さく頷いた。

「この時期に気づくことができたのが、幸運でした。まず、何か身体がおかしいと思ってここに来てくれたのがよかった。君が彼女を見ていて気づいたんでしょう？」

と、冬実は、悠のほうを向いた。

「君は、彼女の命の恩人よ。自慢していい」

悠は顔を赤らめ、下を向いた。そして、

「いや、おれたちをここに連れてきてくれたのは中原さんだから……」

と、もごもごと返した。

永遠子の思いは複雑だった。私は、恩人でもなんでもない。それよりも、さやかの

病気が、脳幹部海綿状血管腫のような重大なものでなければ、どんなによかったことか――。

さやかと悠を駅まで見送った後、永遠子は近くの児童公園のベンチに腰を下ろした。さやかの病状が予想した中でも一番重い結果だったことが、永遠子の心を暗くしていた。しかし、事実は事実であり、現実は現実である。自分は自分のベストを尽くすしかない。

強い北風がマフラーの間に入り込み、永遠子の身体を容赦なく冷やしていく。暖房の効いた喫茶店に入って作業をしたいところだが、今はホットコーヒー代の二百円程度の小銭も惜しかった。永遠子は凍える指でカバンから手帳と携帯電話を取り出した。

まずかけたのは、大手銀行の融資部の電話番号だった。

「恐れ入ります、融資担当の林《はやし》様でしょうか。私、医療コーディネート株式会社の中原です。先日お願いしておりました審査、いかがでしょうか」

「あー、中原さん。こんにちは。実は、大変申し上げにくいのですが、貴社の経営状態を鑑みますとやはり融資は厳しいという結論になりまして……」

そうだろうとも。予想はしていた。それでも永遠子は食い下がった。

「でも、先日は林さんも、社会的意義のある仕事だから応援したいとおっしゃってくださいましたよね?」

「私個人としては、もちろん今もそう思っています。日本の医療のために頑張ってらっしゃる中原さんには頭が下がります。ただ、銀行というところは、それ相応の担保がなければお金はお貸しできない仕組みになっていまして——」

そうだろうとも。今までにも何度も聞いた言葉だ。

「申し訳ありません。部内で出した結論ですので」

その言葉を最後に、電話は切れた。永遠子は別の都銀の融資部の電話番号をプッシュした。結果は同じ。融資不可。次は信用金庫。結果は同じ。融資不可。手帳に並んだリストはどんどん線で消されていく。

やがて、リストは最後のひとつを残すのみとなった。

(ここもだめだとなったら、いよいよ決断しなければ)

永遠子は祈るような思いで、最後の電話番号をプッシュし始めた。

伊東さやかは家に辿り着くと、真っ先にリビングへと駆け込んだ。しかし、父も母も、まだ家には帰っていなかった。確か、邦夫は教育委員会の会合。そしてりえ子は、大阪の高校で講演を行い、日帰りで戻ってくると言っていた。

さやかは、携帯電話を取り出し、アドレス帳からまずはりえ子の電話番号を選んで発信した。一刻も早く、「入院して手術になる」という事実を伝えたかった。

電話に出たのはマネージャーの井手だった。

「りえ子さんは、ＰＴＡとの懇親会に出ておられますが、何か伝言でも？」

さやかは、「また、かけ直します」とだけ答えて電話を切った。自分の身体のことは、第三者を通さず、直接伝えたかった。

さやかは続いて、邦夫の携帯電話にも連絡した。しかし、呼び出し音がただ鳴り続けるだけで、邦夫は電話には出なかった。仕方がないので、

『聖カタリナ総合病院に入院することになりました。手術になるかもしれません。先生がお話ししたいとおっしゃっていたので連絡ください』

というシンプルなメールを、さやかは両親に送った。それから、自分の部屋のクローゼットを開き、手当たり次第にパジャマや下着をボストンバッグに詰め込んだ。歯ブラシももちろん要るし、テレビを観る時の眼鏡も入れなきゃ。退屈凌《しの》ぎに読む小説なんかもあったほうがいいかな。あれ？　お風呂には入れるんだっけ？　水のいらな

いシャンプー、薬局に売ってたかも……入院の経験など、今まで一度もなかった。何が必要なのかもわからず、ただただ心細かった。必要なものがあれば、今日のうちに買っておかなければならないのに。こういう時にこそ、親に相談したいのに。でも、仕方がない。

さやかは、泣きたいのを堪えながら、膨らんだボストンバッグを抱えてのろのろと玄関まで歩いた。そして、靴を履き、改めて廊下から階段、天井へと視線をめぐらせる。

——きっと、すぐに帰ってこられる。

さやかは、そう自分に言い聞かせてから、玄関の扉を開けた。

邦夫、そしてりえ子が、さやかからのメールに気づいたのは、翌朝になってからのことだった。

2

東都国際中央病院は、ＪＲ御茶ノ水駅からほど近い場所に、広大な敷地を専有してそびえ立つ大病院である。聖カタリナ総合病院ほど歴史は古くないが、経営面では格段に勢いがあり、現在では、様々な病院の買収を手がけ、医療界の中に巨大な一グループを築き上げつつある。

ある日、その東都国際中央病院の院長室に、ひとりの男が訪ねてきた。

「蓮井《はすい》院長。ご無沙汰をしております」

蓮井は、声から訪問の主を察した。そして、読みかけの業界誌から顔も上げずに、

「あー、君か。何の用だ」

と、ぞんざいな言葉を投げた。

「新しい情報が入ったんですがね」

男がそう言うと、蓮井は微かに眉を動かした。

「聖カタリナの桧山冬実が、一週間後に脳幹部海綿状血管腫のオペを行うそうです」

蓮井は顔を上げ、険しい表情で男を見つめた。

「どの筋からの情報かね」

「確かな筋です。確かなだけでなく、運命のイタズラってやつを、思わずにはいられないような筋からの情報です」

「ほう」

蓮井は、男のその言い回しだけで、情報提供者が誰かを察した。そして、

「それは本当かね？　鳴沢くん」

と、今度は男のことを名前で呼んだ。

鳴沢と呼ばれた男——あの、医療界から姿を消したはずの鳴沢恭一だ——は、ポケットを探るような仕草をしながら微笑んだ。

「ええ。こちらにとっては、ある意味、チャンスかもしれません」

「何がチャンスだ。ピンチの間違いじゃないのか」

「ピンチはチャンス。桧山冬実がオペに失敗すれば、聖カタリナは終わりです。身売りするしかなくなり、底値で買い叩かれることになります。東都国際中央にとっては、またとないチャンスということになりますね」

鳴沢は朗らかな声で答えた。

蓮井は、探るような眼で鳴沢を見た。

「本当にチャンスなのか？　君も、チャンスだと思っていたオペでピンチに陥って、医師まで辞めさせられたじゃないか」

蓮井が鳴沢の過去を引き合いに出すと、鳴沢は苦笑いした。

鳴沢はふと、当時のことを思い返していた。

五年前の鳴沢は、帝都大学病院の筆頭脳外科医としてマイクロ手術のホープと呼ばれ、向かうところ敵なしの状態だった。そして、実務と並行して脳機能ｉＰＳ細胞再生術の研究を進めていた。難しい部位の手術において悪性腫瘍の取り残しをなくし、かつ、患者の機能を全回復させることができる、画期的な方法である。脳外科医として名実ともに不動の地位を手に入れようとしたその矢先に、鳴沢は自ら手がけたオペで窮地に陥ってしまったのだ。

それは、脳底未破裂動脈瘤のクリッピング手術だった。直径四ミリの小さな瘤はクリップをかけるのが非常に難しく、本来ならば観察期間を置いて様子を見るべきものだ。だが、放置すればいつ破裂するかわからないその瘤を、鳴沢は見過ごすことができなかった。同時に、このオペはまた一つ脳外科医としての経験を積むチャンスであると、鳴沢は信じて疑わなかった。

だが、クリップを行う際、他の血管を巻き込まざるを得ない状況に陥り、その結果、患者には重大な後遺症が残ってしまった。患者家族は鳴沢と帝都大学病院を相手取り、医療過誤の訴訟を起こした。鳴沢を守るために、病院側はカルテの都合が悪い部分を削除したものを用意した。が、手術に立ち会った看護師の一人が病院側の意に反し、正確な情報を公にしてしまったのだ。さらに、彼女の法廷での証言が決定打となり、鳴沢は裁判に敗訴した。そして、医師をも辞めざるを得ない状況に陥った。

今の鳴沢は、医療という術の隙間に生まれる金を求めてあちこちを彷徨《さまよ》い、医師とはほど遠い地点にいる。虚しくはない。だが、鳴沢は今でもふと、考える時がある。あの裁判を切り抜けて脳外科医を続けているとしたら。自分も、あの桧山冬実と同じ側に属しているとしたら――。


蓮井の目の前で、鳴沢はどこか遠い目をしていた。

「鳴沢くん？」

蓮井が声をかけると、鳴沢はふっと微かな笑みを漏らした。

「何だ？」

怪訝そうに尋ねた蓮井に、鳴沢は、

「いえ。すみません」

と、軽い口調で答えた。蓮井は鳴沢の様子が気になったが、本題に戻ることにした。

「ともかく、桧山医師は極めて優秀だ。万が一オペが成功なんてことになれば、聖カタリナの買い値は底値どころか倍増してしまうじゃないか。うちにとってはピンチ以外の何物でもない」

「ご心配には及ばないかと」

鳴沢は、笑みを見せた。どこか、含みを持たせた笑みだ。

「ふむ」

「…………」

蓮井は、椅子の背にもたれかかり、薄く笑った。

「よくはわからんが、これ以上、君の話を聞くのはやめにしたほうが良さそうだな」

「はい。不必要なことは、知らないに越したことはないかと思います。私はただ、聖カタリナの買収に関しての成功報酬の確認をしに来ただけでございます」

「それはまあ、ご心配なく」

蓮井の答えを聞いた鳴沢は満足気に頷くと、立ち上がり、一礼して出ていった。蓮井はすぐさま、副院長の加賀《かが》芳明《よしあき》を呼び出した。加賀は、医療者ではない。大手都銀から引き抜いてきた人材で、今は病院買収の実務を一任している。

「院長、お呼びでしょうか」

すぐに加賀はやってきた。蓮井は、ダイレクトに用件を切り出した。

「例の件だが、鳴沢のほうは順調に動いているようだ。保険をかけておく必要はあるだろうか」

加賀は、即座に答えた。

「保険というのは、順調に物事が運びそうな時ほど、かけておくべきものです。それに、聖カタリナのみならず、桧山冬実までもを確実に手に入れれば、多少経費が割高になっても回収は容易です」

「なるほど。では、我々も動くことにしようか。とりあえず、現金で五億円ほど用意してくれ」

「かしこまりました」

蓮井は笑った。

「くれぐれも内密にな。右の手のすることを左の手に知らせてはならない、と聖書にもあるからな」

加賀も笑った。

「それは院長、善行を施す時には、人目に触れないようにこっそりとしなさいという戒めの言葉です。私たちには当てはまりません」

扉の外で、鳴沢はカーゴパンツのポケットの中をごそごそと探っていた。取り出したのは、小型のボイスレコーダーだ。鳴沢は、スイッチを切った。そして注意深く保存した後、足音を立てないようにしながら廊下を歩き去った。

録音した会話が何の役に立つのかは、まだ鳴沢自身にもわからない。ただし、何かの保険にはなるだろう。さっき加賀も言っていたとおり、保険はかけておくに越したことはないのだ。

3

十二月十七日、早朝。悠は、聖カタリナ総合病院の玄関をくぐっていた。

今日は、さやかの脳手術の日だ。

さやかが桧山冬実の診察を受けてから、九日が経とうとしていた。さやかの両親は、病院側の説明や永遠子のアドバイスを聞き、さやかの手術に同意をした。さやかは事前検査で即入院が決まり、迅速に手術の日程が組まれた。今日の手術日まで、時間はあっという間に過ぎた。悠は、期末テストの合間を縫って毎日さやかの病室を訪れた。それは、ふたりの距離が一気に近づいた九日間でもあった。そして、両親の態度にさやかが傷つき、孤独感を深めている様子を見続けた九日間でもあった。

三分ほどの面会で、そそくさと帰ってしまう父親。

さやかには心配そうな様子で優しい言葉をかけてはいるものの、廊下に一歩出た途端、

「こんな忙しい時に、厄介なことになってしまったわね」

と、マネージャーの若い男に愚痴をこぼしていた母親。

悠は憤っていた。二人とも、教育現場では地位の高い人たちなのに、なぜ自分の娘にはそんなに冷たいのか。が、さやかは、寂しい自分の気持ちは殺して、穏やかな声で両親に言うのだ。

「いいよ。二人とも、仕事に行ってきて。私はここで寝てるだけでいいんだし、しんどくなればすぐに看護師さんも来てくれるし。心配いらないから」

そんなさやかを見るたびに、悠は、自分だけでもさやかの傍から離れないでいよう、と思った。迷惑がられない限り、手術の日まで、自分がさやかに付き添っていよう、と。

そして、いよいよ、手術当日。

悠は、脳外科病棟の階段を三階まで上がり、さやかの病室である三〇二号室の扉をそっと開けた。さやかは、ベッドから起き上がり、ポータブルプレーヤーで音楽を聴いていたが、悠が入ってくるのを見ると、イヤホンを耳から外した。

「何、聴いてたの？」

「サンボマスターの『世界はそれを愛と呼ぶんだぜ』。望月くんが貸してくれたCDの中に入ってたやつだよ」

さやかは微笑んだ。

「そっか、気に入ったんならよかった」

悠は、言いながら、ベッド脇の椅子に腰を下ろす。

「望月くん、なんか入試前みたいな顔してるよ」

「そっか？　おれ、緊張してんのかな」

「しっかりしてよ。これから手術するの、私なんだからね」

さやかが、悠の目を覗き込んできた。悠は、違う緊張で身体を硬くした。と、さやかは不意に改まり、

「望月くん、ありがとう」

と真剣な口調で言った。

「な、何だよ急に」

「だって、望月くんが毎日来てくれたから寂しくなかったたし。中原さんを見つけてくれて、この病院に来られたのも、望月くんのおかげだし。望月くんがいてくれて、ほんと、よかった」

あれから永遠子も、さやかの病室に何度も顔を出しては、不安なことはないか、医師の説明でわからないところはないかと、いろいろ気にかけてくれていた。さやかの両親が頼りにならない分、永遠子という信頼できる大人がいることは、さやかと悠にはとても心強かった。後でちゃんと中原さんにお礼を言いに行かなければ、と考えながら、悠はさやかの手を取った。

「な、元気になったら、一緒にお台場に行かないか。きっとクリスマスにも間に合うよ」

悠は思いきってそう切り出し、さやかの反応をうかがった。

「お台場？」

「そう。でっかいメモリアルツリーと、レインボーブリッジのイルミネーション、すっげえ綺麗なんだって。見たいだろ？」

さやかはにっこりと微笑み、そして、悠の手をそっと握り返してきた。

その頃、さやかのオペを担当する医師たちも、それぞれの朝を迎えていた。

執刀医である桧山冬実は、自宅の洗面台の前で身支度を整えていた。真っ白のカッターシャツを身につけ、ボタンを素早く留める。ダークブラウンのスラックスに脚を通す。そして、黒のジャケットを羽織る。いつもと変わりない朝の手順。

難度の高い脳幹部海綿状血管腫の手術。さらに、脳機能iPS細胞再生術の適用となれば、日本で、いや世界でも初めての試みとなる。ガチガチに緊張していてもおかしくない状況だが、冬実の気持ちは不思議と凪《な》いでいた。

冬実にとって、大きな節目になるようなオペは、これまでに二つあった。

一度目は、脳外科医になってすぐの頃、初めて執刀医としてメスを握った、下垂体腫瘍の患者のオペ。予想よりも周囲の血管や神経が巻き込まれていて、全摘出が難しい状態だった。だが、パニックにも陥らず、冬実は細心の注意を払ってすべての腫瘍を摘出することに成功した。あの日、冬実は、自分に外科医の才能があることを確信した。

二度目は、日本でも数例しかない、四歳児の頭蓋底腫瘍のオペ。神経、血管、すべてが驚くほど小さく、ほんの少しマイクロメスを動かすにも神経を使った。おまけに、小児の頭蓋底腫瘍は術野が狭いため、経験を積んでいる脳外科医でも成功させるのは難しいものだった。しかし、冬実は十時間、まったく集中力を途切れさせることなく、オペをやり遂げた。このオペで、医療業界内での冬実の評価は一躍高まった。

——今日のオペは、その二つを凌ぐ、人生で最も重要なオペになるだろう。

冬実はそう思っていた。伊東さやかを最高の形で生還させ、日本の脳外科医療を、新たなステージへと引き上げるのだ。その責任が自らの両腕にかかっていることを、冬実はひしひしと実感した。冬実は、両頰を強く叩き、「よし」と呟いてから洗面所を出た。

リビングでは、夏帆がソファに横たわり、ぼんやりとテレビを眺めている。昨晩、「おやすみ」と声をかけた時から、姿勢がまったく変わっていない。どうやら、ダラダラと起きているうちに朝になってしまった、というパターンらしい。

「ねえ、聖カタリナってさ、エライ人が入院してんだって？」

夏帆が指差すとおり、テレビ画面には聖カタリナ総合病院の外観が映し出されていた。今、聖カタリナには官房長官である和泉勇作《いずみゆうさく》が入院しているのだ。和泉は、二週間ほど前、意識消失の状態で聖カタリナ総合病院に運ばれてきた。診察に当たったのは、冬実たち脳外科グループだ。動脈瘤から微量の出血が認められ、軽いくも膜下出血と診断された。出血量がそれほど多くないため、日を改めて血管内治療を行うか、それともすぐにオペを行うべきか、医局内でも意見が割れていた。軽い出血の場合は、オペを行ったほうが麻痺などの後遺症が残る可能性が高くなるからである。長官の側近を含めて治療方針を固めるカンファレンスが行われ、当分は血管内治療で様子を見る、という結論に達したのは、昨日のことだった。

「そうだよ。昨日、治療方針が出たとこ」

「へえ、あの人も冬実が診てるんだ」

と、夏帆は感心したように呟いた。

「じゃあ、あたしも会えるかな？」

夏帆は聖カタリナの精神科で、アルコール依存症の治療を受けている。ちょうど、次の診察日が近付いているところだ。外科医の身内だというのに、ミーハー気分で院内をうろうろされてはたまらない。冬実は諭すように言って聞かせた。

「官房長官が入ってるのは特別個室でね、一般の人は近づけないようになってるの」

「へえ。わが妹ながら、凄いね。そんな有名な人の病気、ちょちょっと治しちゃうんだもん。緊張しちゃって手ぇ震えて、ヤバイことになったりしないの？」

「どうってことないよ。私たち医師には、患者の肩書なんて何の関係もないことだから。お姉ちゃんだって、昔はお店でいくらでも有名なお客さん、相手にしてたでしょ？　それと同じだよ」

そう冬実は返した。夏帆は、えへ、と笑うと、

「そうそう、あたしだって結構大変だったよ。どこの会社の社長だか知らないけど、しょっちゅう脚触られたり、胸じろじろ覗かれたり、気持ち悪かったあ。あ、もちろん、あんたほどのストレスじゃないけどね。あたしには命を預かるなんて大それたこと、絶対できない。ごめんね、おっさんのセクハラなんてちっちゃい次元で物言うな、って感じだよね」

——また、始まった。

冬実は、夏帆に昔の話など持ち出してしまったことを後悔しつつ、

「ううん、お姉ちゃんはそういうの我慢して私を大学まで出してくれたんだもん。ありがたいよ」

と返した。真綿でじわじわと首を絞められていくような鈍い痛みを感じながら。

「そう？　そう？　やっぱり、そうかな？」

夏帆の口は調子良くペラペラと回り続ける。まだいくらでも話し続けそうな様子だ。が、冬実は、

「じゃ、そろそろ行くね」

と、コートと鞄をひったくるように持ち、部屋を飛び出た。今は、なるべく余計な神経を使いたくない。まだ出勤には時間が早いが、軽くそのあたりを自転車で流しながら、精神統一しよう。そう思いながら、冬実は、足早に玄関を後にした。


同じ頃。

手術室勤務の看護師・正木恵は、ある違和感とともに目を覚ました。

覚えのない、固めの枕の感触。

背中に当たる、いつもとは違うマットレスの肌触り。

見慣れぬ天井の木目模様。

隣では、背を向けて寝ていた男が身をよじらせ、大きく伸びをした。

——ああ。私、昨日はこの人と寝たのか。

恵は男の横顔をしばらく眺めた。特に、好みの顔ではない。どちらかと言うと、嫌いのほうに近い。ナンパで無教養な内面が、顔に滲み出ている。

「あれ、起きたの」

男は、恵が目を開けているのに気づき、腕を伸ばして恵の髪を撫でてきた。その手をするりと躱《かわ》し、恵はベッドから降りた。床に散らかったままの下着を集めて、手早く着る。男が、恵の背中の向こうから、のんびりとした調子で呼びかけてくる。

「もう帰っちゃうの？」

「私、これから仕事なの」

「真面目だなぁ。ナースってそういうとこ、健気《けなげ》だよね」

恵は、男を振り返った。

「私、看護師だなんて言った？」

「えっ？　言ったよ？　昨日自分で。一日中窓のない手術室にいると、息が詰まりそうになる、とか、いろいろさ」

恵は、心の中で舌打ちした。やはり、昨日は飲みすぎたようだ。ここのところ、長時間のオペ続きでストレスが溜まっていたのだ。

「やっぱさ。ナースって、君みたいにエロい子が多いの？」

男は、悪戯《いたずら》っぽく笑いながら恵を見上げた。

「センセイたちとも、こういうことやってるの？　んで、そういういい鞄買ってもらったり」

男は、枕元に置いてある恵のハンドバッグを指した。セレブ雑誌の表紙を飾るような、イタリアの高級ブランド品だ。だが、断じて他人に買わせたものではない。

恵は、男の言葉には一言も返さず、バッグをつかんでさっさと部屋を出た。そして、携帯電話を取り出し、とある番号を呼び出す。

「あ、島崎《しまざき》。今晩空いてる？　十一時くらいがいいんだけど。うん、ホテルのほうがいいかな。じゃ、センター街抜けたとこでね」

まるでエステに予約を入れるような口調を崩さないまま、恵は電話を切った。

島崎和哉《かずや》。気兼ねせずに付き合えて身体もよく知っている、都合のいい男。ことのほか大きなストレスがかかるオペの後は、刺激を求めるより馴染んだ男に限る。向こうも同じことを考えている。

「いいよね、お互いさまなんだから」

と、恵は呟いた。

これで、心置きなく難しいオペに向かうことができる。恵は心持ち、足を速めた。


同じ頃。

聖カタリナ総合病院の薬剤室では、麻酔科医の中村真彦《なかむらまさひこ》が、薬剤を薬品棚から取り出していた。術中の麻酔薬を選択するのは、中村の仕事である。今回の伊東さやかの手術では、脳幹部という神経が集中する部位にメスを入れるため、神経の隙間を探るマッピングが行われる。どの部位に刺激を与えるとどの筋肉が反応するのかを見る必要があるため、全身麻酔で完全に筋肉を眠らせる訳にはいかない。そのため、通常よりも、術中の細かいコントロールが要求される。

中村は薬剤を選び出した後、備え付けのパソコンを立ち上げ、エクセルの薬剤管理表に数字を入力した。以前、医師による薬の持ち出しが問題になったため、最近は、薬の出し入れについて厳密に記録するよう、きつく上から言い渡されている。数字が合わないと、麻酔科医局に所属する者全員が呼び出されて責任を追及される。なので、医局員たちは皆、面倒だとは思いながらも従っている。

「今日は誰のオペだ？」

隣で同様の作業をしていた同僚の高木《たかぎ》修次《しゅうじ》に聞かれた。

「桧山先生だよ」

「げっ」

高木は大げさに顔をしかめた。

「中村、この前、桧山にひどい言われ方してなかったか？　それなのに、またお前を指名なわけ？」

「仕方ないよ、あれは僕が悪かったんだから」

中村は、穏やかに高木をなだめた。

あれは、先日のオペのことだった。執刀医の桧山冬実が開頭している最中、中村は、薬剤を注入するチューブに足を引っかけてしまったのだ。外れかけたチューブを直そうと格闘している間に、今度は、患者の手が苦しげに動き出した。

「麻酔、効いてない！」

冬実は、いち早く指摘した。ミスが重なったことで、中村はパニックに陥った。第一助手の真田が飛んできて、プロポフォールの投与量を上げたので事なきは得た。だが、麻酔科医としてあってはならないミスだったことに変わりはない。

手術室を出た途端、中村は冬実に、

「緊張感が足りないんじゃないですか？　オペをなめてませんか？」

と、吐き捨てるように言われた。冬実より中村のほうが年も上でキャリアも長いにもかかわらず、だ。中村より、周囲のスタッフたちのほうが緊張で凍りついた。いくら冬実が執刀医とは言え、もう少し言葉を選んでもいいのではないかというのが、その場にいた全員の気持ちだった。この事件は、あっという間に病院中に知れ渡った。

高木は、その話を聞いて随分と憤慨したらしい。

「一言くらい言い返してもよかったんじゃねえか？　お前がお人好しすぎるから、外科のヤツらに、麻酔科医はマゾだ、なんて言われるんだよ」

と、さらに言った。

「別にいいよ。どうせ麻酔科医なんて主役を張れるポジションじゃないしね。その日のオペを無難に乗り切れば、それでいい」

中村はそう言って、また柔らかく笑った。高木は呆れたように、

「もうちょっと、プライド持ったほうがいいんじゃねえの？」

と言い残して、立ち去った。高木の姿が見えなくなると、中村の顔から笑顔は消えた。高木には平気な振りをしてはみたが、実際のところ、冬実に対する嫌悪感があることを、中村は否定できずにいた。


同じ頃。

脳外科医局では、真田拓馬が日比野信吾に、脳の模型を示しながらレクチャーしていた。

「で、脳を開いてしまえば、ほぼ、桧山の独壇場になる。助手の仕事は、万一血管が傷ついた際に、血液を吸い出したりするだけだ。顕微鏡で、よく桧山の指の動きを見

ておくといい。勉強になるぞ」

真田の言葉をよそに、日比野は、気が進まない様子で溜息をついた。

「僕、本当に桧山さんの第一助手に入らなきゃならないんですか」

日比野は二十代後半。まだ大きなオペに立ち会う経験は少なかった。加えて、『執刀医・桧山冬実』という事実にも畏縮《いしゆく》しているようだ。

「大丈夫だ。君は細かいところによく気がつくし、技術もある。今回の手術は助手の役割も少ないし、難なくクリアできるはずだ」

真田が励ますと、日比野は、真田の右手に巻かれている包帯を恨めしそうに眺めた。

「その怪我さえなければ、今回も真田さんで決まりだったのに。残念ですね」

一般的に、医局内の競争は熾烈《しれつ》である。自分が先輩の役割を奪える機会があればチャンスだと捉える医師がほとんどだ。だが、そういう前提は日比野には当てはまらない。彼にはそもそも出世欲というものがない。なぜなら、日比野の実家は大きな開業医で、ある程度聖カタリナで修業を積んだら実家を継ぐことになっているからだ。

「いや、もう第一助手には飽きたよ」

冗談めかして真田が口にしたその言葉は、実は真田の本音だ。冬実とは大学の同期だが、聖カタリナでは、いつも冬実が執刀医、真田が第一助手だ。

真田は一度、冬実に直接「今回は俺に執刀医をやらせてくれ」と申し出たことがある。冬実は、即座にこう答えた。

「あなたは、助手としては最高の腕を持っている。だから、私の下についているのが最善だと私は思うわ」

そして、

「あなたはプレッシャーに弱い性格。一番手は似合わないのよ」

と、バッサリと切り捨てた。思い出すのも忌々《いまいま》しい瞬間だ。


「日比野先生。野津江総合病院からお電話です」

そう告げる看護師の声が、真田の回想を遮った。

「あ、はい、出ます」

日比野は、通話をコードレスの子機に切り替え、部屋の隅に移動して何やら話し始めた。

真田は首を傾げた。野津江総合病院とは、千葉では最も大きな総合病院で、脳機能iPS細胞再生術についてはライバル関係にある病院の一つである。その野津江総合病院が、日比野個人に何の用なのだろうか。

　看護師は続けて、

「それと、真田先生にもお電話です」

　と告げた。

「鳴沢さんとおっしゃる方です。外線三番です」

　――来たか。

　真田は、すっと目を細めた。そして、無言でデスクから受話器を取った。日比野と野津江総合病院との関係については、そのまま忘れてしまった。


　やがて、さやかが手術室に入る午後一時が近づいてきた。

　さやかは、悠と手をつないでいた。そして、昨日、りえ子が面会に来た際の言葉を思い出していた。

「お父さんは昇格試験が近いから無理だけど、お母さんだけでも来るからね。明日は朝イチの取材だけだから、充分間に合うわ」

　りえ子は、確かにそう約束した。しかし、あと十分もしないうちに手術が始まるというのに、いまだ、りえ子は姿を見せない。

「どうした？　なんか、気になることでもある？」

悠が、さやかを気遣う。

「ううん、何でもない」

今日の悠はいつもの制服ではなく、黒のニット、カーキの細身のジャンパー、程よく穿き古したジーパンというファッションだ。足元は、人気のスポーツメーカーのスニーカー。うん、無難だけど似合ってる、と、さやかは心の中で採点した。眼鏡をかけても似合いそうだ。そんな、悠についての他愛ないことを考えるのが、今のさやかには唯一の気分転換だった。

――望月くんと、どっか出かけたいな。あのクロスバイクの後ろに乗って。

ふと、自然にそんな感情が浮かんでくる。でも、いったいいつできるようになるんだろう。一ヵ月後？　半年後？　それとも、もっと長い先のこと？――

「ねえ望月くん、一緒に写真撮らない？」

さやかは努めて明るい声で悠に携帯を差し出した。悠はきょとんとさやかを見た。

「なんで？」

「なんでも」

「ふうん。ま、いいけど」

悠が腕を伸ばしてカメラをこちらに向け、遠慮がちに身を寄せてくる。

「もっとくっつこうよ」

「え」

悠のどぎまぎした様子に、さやかは吹き出した。

「画面に入んないよ、ほら」

さやかが悠にぴったりとくっついたところで、シャッター音が鳴った。

「ほ、保存って……これ、ここ押せばいいのかよ?」

悠はブツブツと呟きながら、さやかの携帯を操作している。明らかに照れ隠しだ。

さやかは微笑ましい気持ちで悠を見つめた。そして、携帯の画面を覗き込む。二人ともいい笑顔で写っていることに、さやかが顔をほころばせた時――。

コンコンコン。ノックとともに病室の扉が開いた。ようやく母親が来たのか――しかし、現れたのは、りえ子ではなく、マネージャーの井手だった。

「りえ子さんは取材が長引いていて、来られなくなりました。くれぐれもよろしくとのことです。これ、りえ子さんからのお見舞いということで」

井手は、五十本はあろうかという大きなピンクの薔薇の花束を掲げてみせた。さやかは、ただ黙っていた。井手は、さやかの沈黙は気にせずに、花瓶に水を汲みに行く

と、花束をさやかのベッドの脇に手際よく飾った。そして、

「りえ子さんから、さやかさんが手術室に入るまで見届けて欲しいと頼まれています。予定時刻は何時ですか？」

と言いながら、悠の隣の椅子に腰掛けようとした。

「井手さん、私は大丈夫なので、帰ってくださって結構です」

さやかは、珍しくきっぱりとした口調で言った。

「えっ、でも……」

「大丈夫です。なので、帰ってください」

花束を見もせずに、さやかは言った。井手は少しの間逡巡《しゅんじゅん》していたが、

「では、手術の成功をお祈りしていますね」

と立ち上がり、一礼して病室を出ていった。

薔薇の強烈な香りが、さやかのベッドを包み始めた。悠が、さやかを励まそうとして、

「すごい花束だな。お母さん、奮発したんだなー」

と、わざと明るく言った。さやかは、それでも、花束を見ようとはしなかった。

「捨ててきて」

そう、さやかは悠に頼んだ。

「えっ？」

「それ、捨ててきて」

もう一度、さやかは言った。

4

第一手術室に、オペのメンバーが集結した。

看護師・正木恵。

麻酔科医・中村真彦。

第一助手は、いつもは同期の真田拓馬が務めているが、今回は右手を怪我していて入れなくなったため、日比野信吾が代役を務める。

そして、桧山冬実。

ここ第一手術室は、聖カタリナの手術室の中で最も広い。大型の機械類を多く使う脳外科が主に使用している。手術室の中心には、患者の伊東さやかを乗せた手術台。

麻酔をかけられたさやかの体位は左側を下にした横向きに据えられ、ヘッドフレームに頭をピンで固定された状態である。そのフレームは、二人の医師が覗くことのできる高さ一メートルほどの顕微鏡と一体になっており、レンズを覗ける位置に冬実、そしてその右側に第一助手の日比野がスタンバイした。

手術台の足元には、オペ看の恵。

手術台を挟んで恵と反対側には麻酔科医の中村が立ち、モニタリングの配置に付いた。他に、外回りの看護師と臨床検査技師が待機している。

「では、これより、脳幹部海綿状血管腫のオペを開始します」

冬実が抑揚のない声で告げると、恵がすかさず「午後二時十一分」と、開始時刻を告げた。

「メス」

冬実は指示を出す。

十五番メスが差し出され、冬実の右手にしっかりと収まる。冷えたメスは、一瞬にして冬実の掌に馴染む。冬実は左手で皮膚を軽く引っ張りながら、右耳の後方の皮膚を切開する。メスを入れたラインに沿って、スッと血液が滲み出し、皮膚を切る独特の感触に、冬実は密かに心躍らせる。

そのまま、頸動脈の内側ギリギリのラインにメスを走らせ、開創器で創部を開く。

次に、モノポーラ（電気メス）で筋肉を凝固させながら、切り開いていく。肉の焦げたような臭いが、冬実の鼻をつく。

筋肉を開いたことで、頭蓋骨が露になる。冬実は両手でドリルを持ち、体重をかけて頭蓋骨の片隅にドリルを押し当てた。キーンという音とともに、骨の三層に穴が開いていく感覚が、冬実の手に伝わっていく。最初に触れる骨の外板は硬く、手に感じる抵抗も大きい。その下の板間層は軟らかく、さらに下の内板まで進むと再び硬い感触になる。抵抗がなくなったところで、ストッパーが利いてドリルの刃の回転が止まる。これで、頭蓋骨に一つ、穴を開けたことになる。

冬実は素早くドリルを上げ、同じ作業を、露になった頭蓋骨の残りの三つの隅に対して繰り返し行った。四つの穴を開け終わった後、冬実はドリルを日比野に渡し、恵から硬膜剪刀を受け取る。

これから、頭蓋骨の下の硬膜を切り開くのだ。ここは慎重に行わなければならない。

硬膜の下の脳表からは、硬膜へと繋がる血管がくっついていたり、ブリッジングベインと呼ばれる架橋静脈があったりするので、傷つけないように細心の注意を払う必要がある。

冬実は指先に込める力を微妙に変えながら、硬膜をそっと切り開く。ちらりと時計を見る。開始から二十五分。まあまあのペースだ。

「日比野、マイクロ入れて」

冬実が告げると、日比野は、あらかじめ滅菌状態にしてある顕微鏡を術野の上に入れ、ピントを合わせた。ここからは、顕微鏡を覗きながらの作業になるのだ。

冬実はレンズを覗き、右手をマイクロメスに持ち替える。そして、左手で吸引管を持ち、幾重にも重なっているくも膜を、テンションをかけながら、一枚、また一枚と、切り開いていく。くも膜の周囲には無数の血管や神経が張り巡らされており、それにわずかでも触れたら命取りになる。

そんな危険な作業を延々と続け、冬実は、ようやく病変に辿り着く。

——ここだ。ここからが正念場だ……。

正常組織と病変の境界を知るために、第四脳室底のマッピングを行う。病変は色が変化しているためある程度判別はできるが、それだけでは、どこからメスを入れていいのかを判断できない。なので、患者の脳を区画ごとに電極で刺激し、身体が反応する部分からはメスを入れないよう、逐一確認をする必要があるのだ。

「二番—九番。六・五ミリアンペア。十ヘルツ、十秒」

「……右足の親指に反応が出ました」

「十八番—四番は？」

「……左唇です」

そうして特定された安全な部位からメスを入れ、病変の境界をマイクロへらで分ける。周囲の正常な脳幹部は神経が集中しているので、力を腫瘍のほうにかける。腫瘍へと流れ込んでいる血管は、電気凝固してマイクロはさみで切り離す。

「マイクロセッシ」

冬実は、最後に、腫瘍をマイクロセッシで取り出した。ここまで、ひとつのミスもない。ちらりと時計を見る。午後五時過ぎだ。オペのスピードも申し分ない。

「迅速病理検査に回して」

「切除痕は生食で洗浄」

「モニターに異状はない？」

冬実の矢継ぎ早の指示。それに合わせて周囲は機敏に動く。恵は腫瘍を載せたシャーレを受け取り、それを外回りの看護師に渡した。日比野は生理食塩水のボトルを取り出し、腫瘍を切除した後に滲み出た血液を洗い流す。中村は、バイタルサインを読み上げる。

「輸液と尿量のバランスも良好」

「了解」

冬実は、丹念に切除痕を観察した。

――境界の色が、曖昧だ……！

正常組織と病変の境目がはっきりとしていない――それは、悪性細胞が混ざってい る場合の特徴である。冬実は息を詰めるように、じっと切除痕を観察した。おそらく、これから自分は重大な決断を下すことになるだろう――そう、じりじりと覚悟を決めながら。

「検査結果が出ました」

シャーレが冬実の手元に戻ってきた。冬実はひったくるようにシャーレを取り、見る。一瞥《いちべつ》しただけで明らかな結果。やはり、「悪性細胞」だ。

冬実は再度、切除痕の変色している部分を観察した。先程のマッピングで、脚の機能を司る部分だと判明している。だが、迷う余地はない。冬実は一呼吸置いてから、口を開いた。

「オペを続行します。悪性細胞が完全になくなる部分まで切除。それから……脳機能iPS細胞再生術を使いましょう」

冬実の指示に、オペ室の緊張感は一気に高まった。脳機能iPS細胞再生術。日本の医療界で初めての試みが、ついにこのオペ室で行われるのだ。

冬実は、心の中で繰り返した。ここで悪性細胞を残したまま閉頭しても、伊東さやかは助からないのだ。リスクを冒しても、助けられる可能性に賭ける。それが、医師の使命というものだ――。

冬実は、手術室の上部を見上げた。そこには、手術室の様子を一望できる展覧室が備えられており、その最前列では、院長の瀧川がじっと事態を見守っていた。冬実は、瀧川を問いかけるように見つめる。瀧川は、静かに、しかし大きく頷く。

――とうとう、この日が来た！

冬実は、生まれて初めて、神に感謝をした。

「これが、最初で最後のチャンスだ……」

瀧川は、GOサインを冬実に向かって出してから、ひとり、小声で呟いた。

この日のため、瀧川はあらかじめ聖カタリナ総合病院倫理委員会を招集し、脳機能iPS細胞再生術の臨床適用の承認を得ていた。今日、ここ聖カタリナで、桧山冬実の執刀で、この新しい治療法はデビューを果たすことになる。手術が成功すれば、今日という日は、聖カタリナ総合病院脳神経科の未来にとってきわめて重要な記念日になるに違いない。そして、経営は大きく好転し、倒産や身売りの心配は過去のものとなるだろう。

成功しさえすれば。

瀧川は、食い入るように、眼下で繰り広げられる手術を見守っていた。と、そんな中、せわしなく瀧川の肩を叩く者があった。振り返ると、それは脳外科部長の大橋だった。彼は慌ただしい口調で、

「院長、少々よろしいでしょうか」

と囁いた。瀧川は渋い顔をした。

「何だね。今、大事なところなのに」

と声を荒らげた。が、大橋の次の言葉を聞いて、瀧川の顔色は変わった。

「和泉官房長官の容態が、急変しました」

「！　なんだと！」

5

瀧川は大橋を伴い、和泉が入院する特別個室に急いだ。廊下を小走りにしながら、瀧川は大橋に厳しい口調で尋ねる。

「和泉官房長官は軽いくも膜下出血の診断で、血管内治療で様子を見ていたのではないのか？」

「はい。急変を起こすことなど通常ではあり得ないのですが……」

室内に入ると、和泉がぐったりとベッドに横たわっており、看護師たちが慌ただしく出入りして応急措置を行っていた。大橋の説明によれば、午後五時過ぎに担当看護師が見回りに訪れた際には、数値に異状はなく、意識も確かだったらしい。記録には、和泉が看護師と会話した様子も記されている。だが、一時間後に再び看護師が訪れた時、和泉の意識は既に混濁し、検査の結果、動脈瘤からの再出血の跡が見られたという。

「検査の段階で、何らかの見落としがあったのかもしれません」

「…………」

「私の判断では、緊急開頭オペが必要だと考えます」

「…………」

大橋に重々しく告げられ、瀧川は言葉に詰まった。執刀医として最も適任である冬実は、現在、伊東さやかの手術の真っ最中だ。冬実の次に腕の立つ真田拓馬は、数日前に右手を怪我しており、今はメスを握ることができない。残るは、目の前にいる大橋だが、大橋はもともと臨床は得意ではなく、彼の技術の拙《つたな》さを考えると、ＶＩＰである和泉官房長官のオペを任せるのは危険に思える。

「大橋くん、君にやれるか？」

それでも、一応、瀧川は本人に尋ねてみた。大橋は、当惑した表情を浮かべる。日頃は威張っているものの、彼は彼で、自分の技量というものをきちんと自覚しているのだ。大橋はしばらく逡巡した後、

「……今回の場合は、桧山冬実が適任だと思います」

と答えた。

「しかし、あの女子高生のオペが終わるまで、和泉官房長官の容態は持ちこたえることができるのか？」

「現職の官房長官を死なせたりしたら、聖カタリナは破滅です。今すぐ桧山を、こちらの緊急処置へ回すべきです」

「しかし、あのオペはだね……！」

「先程、展覧室から様子を見ましたが、伊東さやかのオペは、iPS細胞の埋め込みさえ終われば、難しい処置は完了します。なら、縫合などの後の処置は第一助手の日比野に任せ、桧山をこちらに呼び出してはどうでしょうか」

大橋の提案には一理ある。そう瀧川には思えた。逡巡している時間もなかった。瀧川はすぐに決断を下した。

「和泉官房長官を第二手術室へ。人目につかぬよう、裏口の通路を使うように。それと、進行を見てうまいところで桧山くんを第二手術室に呼び出してくれ」


悠は、第一手術室前の廊下を、落ち着きなくうろついていた。壁にかけられた時計の針は、まもなく予定終了時刻の午後六時半を示そうとしているが、『手術中』のランプが消える気配はない。

悠は気が気でなかった。まさか、手術がうまく進んでいないのではないか。果たしてさやかは無事なのか。ロビーに行っては携帯の電源を入れ、〝脳外科　手術時間〟

などと検索してみる。しかし、ケースバイケースだということで有益な情報は得られない。慌てて手術室の前に戻り、未だ赤々と灯る『手術中』のランプを見上げる。午後六時を過ぎた頃から、悠は落ち着きなくこれらの動作を繰り返していた。携帯の電源を入れるたびにクラスメイトたちから「さやかの手術、どうなった？」と次々に問い合わせが入ることも、悠を一層焦らせた。

と、その時、第一手術室の扉が開いた。中から出てきたのは、執刀医の冬実だ。

「あ……」

悠は声をかけたかったが、その間もなく、冬実は慌ただしく隣の第二手術室の扉を開け、その中へと消えていった。

第一手術室の『手術中』のランプは、まだ消えない。

――いったい、どういうことなのか。手術がまだ終わらないうちに、執刀医がその場を離れるなんてことはあるのだろうか。さやかはどうなってしまったのか……。

悠は、第一手術室のドアを細めに開け、中を覗きたい衝動を必死に我慢した。ベンチに腰を掛け、すぐにまた立ち上がり、また腰を掛け、そしてまた立ち上がった。それから、ロビーまで早足で向かい、携帯電話の電源を入れた。

杞憂かもしれないが、とにかく、永遠子に電話すべきだと悠は考えたのだった。

「もしもし」

ワンコールで、永遠子は電話に出た。

「あの——おれ、手術とかよく知らないから、もしかしたら普通のことかもしれないんですけど——」

つっかえそうになりながら、悠は話し出した。

「どうしたの、望月くん？　落ち着いて話して」

「さやかの手術、本当にうまくいってるのかどうか、不安なんです」

悠は、現在の状況を説明した。予定終了時刻間際に、執刀医の冬実が手術室を出て、隣の手術室へと入っていってしまったこと。にもかかわらず、手術がまだ終わる気配を見せないこと。

永遠子の対応は素早かった。

「それはちょっとおかしいね。今、埼玉の出張先なんだけど、終わり次第そっちに向かうわ」

わざわざ駆けつけてくれるという。悠は、「ありがとうございます」と、電話の向こうの永遠子に頭を下げた。

その頃、オペ室では、日比野信吾が、冬実の代わりにさやかの頭部の縫合を行っていた。看護師の恵は、さやかの腕に挿入されている輸液ラインのチェックをするため、一瞬、日比野から目を離した。

「あっ」

唐突に、日比野が声を上げた。恵はすぐに振り返ったが、日比野の表情はマスクで隠れていて見えなかった。何に対して「あっ」という声を上げたのかもわからなかった。恵は素早くさやかの頭部を確かめた。硬膜は既に閉じられていて、後は筋肉と皮膚を閉じるのみの状態である。特に異状は見当たらない。それでも念のため、恵は、

「日比野先生、どうかしたんですか？」

と尋ねた。日比野はただ、

「いや。何も」

とだけ答えた。そして、数秒ほど間があって、

「ちょっと、針を落としかけただけだ。でも、大丈夫」

と付け加えた。

日比野はそのまま、縫合を再開した。作業は順調に進み、ほどなく、輸液を注入するドレーンを入れた状態で、無事、さやかの傷は塞がれた。

恵は、日比野が針を置いた瞬間を見計らい、時計を見た。

「午後七時三十六分、オペ終了です」

6

午後十時、永遠子は聖カタリナ総合病院の病棟通用口へと駆け込んだ。本来なら永遠子も悠とともにさやかの様子を見守るつもりでいたのだが、担当患者からの急な出張要請が入り、しかも出張先での面談が長引いてしまったのだ。

警備員から、

「面会時間は終わりましたよ」

と注意されたが、振り切って中へ入る。まず向かったのは、さやかの手術が行われていた手術室。しかし、既に『手術中』のランプは消えていた。

オペは、どうなったのだろうか。無事に済んだのか、それとも——。

永遠子は、脳外科の看護師を捕まえ、さやかが脳神経外科集中治療室（ＮＣＵ）に運ばれていることを聞き出した。聖カタリナ総合病院では、通常の集中治療室（ＩＣ

U）とは別に、脳神経外科専用の集中治療室が備えられているのだ。永遠子は、NCUへと急いだ。

ガラス窓から中を覗くと、マスクを着けた悠がはっとしたように立ち上がった。さやかの両親はまだ、来ていないようだ。永遠子は、自らもマスクを装着し、中へと入った。

「さやかさんは？」

「今、眠っています」

悠が答えた。ひとまずは、手術は無事に済んだということか。室内のベッドは二台あるが、そのうちの一台は使われず、もう一台にさやかが眠っている。頭部は包帯に包まれ、チューブや点滴の管、モニターなどに囲まれた痛々しい状態ではあるが、すやすやと寝息を立てている。永遠子はさやかに近寄り、

「よく頑張りましたね」

と優しく声をかけた。永遠子が悠と目を見合わせ、安堵の微笑みを浮かべた時、白衣を着た男性が姿を現した。

「あなたは？」

永遠子が尋ねると、

「このたびの伊東さんの手術で、第一助手を務めさせていただきました、日比野と申します」

　と、相手の医師は頭を下げた。

「ご家族の方ですか？」

「関係者です」

「では、手術のご報告をさせていただきます。伊東さんの手術は、無事に成功しました。先程、手術後に麻酔を取り、意識が戻るところも確認しております。翌朝、目を覚ましたところで、詳しく術後検査を行う予定――」

　永遠子は日比野の言葉を遮った。

「待ってください。通常、術後の報告は執刀医ですよね？」

「…………」

「なぜ、桧山先生が来られないのですか」

「…………」

　日比野は一瞬、黙ってしまったが、やがて、

「桧山は急なオペが入りまして、ただいま執刀中でして、ここには……」

　と、もごもごとした口調で言い訳をした。永遠子は、さらに尋ねた。

「桧山先生は、伊東さんのオペの途中に、抜けてどこかにいらっしゃったと聞いてますが」

「いえ、そんなことは……必要な処置は、すべて行ったうえでのことです、はい」

「では、終了予定時刻が一時間も押したのには、何か理由があるんですか？」

「えー、それは、マッピングに時間がかかったためでして……治療方針について、院長も含めて協議していたのもあります」

「協議というのは？」

「それはですね……ええ、念には念を入れて、慎重に治療法を検討した結果です。と、とにかく、結果に問題はないと聞いております」

日比野の口調はどこか心もとない。永遠子が眉を顰《ひそ》めた時、NCUの扉が開き、二人の男女が入ってくる。さやかの両親である邦夫とりえ子が到着したのだ。

「さやかは？　さやかは大丈夫なの？」

りえ子は、真っ先にさやかのベッドに駆け寄った。さやかは依然として眠っている。りえ子はさやかの寝息を確かめ、ほっとしたような表情になるが、すかさず日比野に詰め寄った。

「あれは結局、どうなったんですか？　この子の脳の状態を見て、やるかもしれないって言っていた手術……」

「脳機能iPS細胞再生術ですね」

と、永遠子はりえ子の言葉を引き取った。三日前、邦夫とりえ子が冬実から手術内容の詳しい説明を受けた際、永遠子も同席していた。永遠子も、結局のところ脳機能iPS細胞再生術が行われたのかどうか、気にかかっていた。

「はい。病変に悪性細胞が見られましたので、やむを得ず、行いました」

日比野は、頷いた。永遠子は、隣の邦夫とりえ子が一気に緊張した様子になるのを感じ取った。

「で、この子の身体はどうなったんですか？　動くんですよね？」

「え、ええ……まずは慎重に術後検査を行う必要があります。ただ……これは万が一のお話ですが……脚の回復が遅れる可能性は否定できません」

「えっ？」

「何だって？」

日比野の答えに、りえ子と邦夫は鋭い声を上げた。その勢いに、日比野は気圧《けお》されてしまったようだ。

「あくまで可能性の問題ですので。事前に桧山がご説明したとおりです。私はこれで」

と、逃げるように立ち去った。

「どういうことなの？　さやかの脚は、もう動かないかもしれないっていうの……？」

りえ子がぽつりと呟いた次の瞬間、扉が勢い良く閉まる音と、廊下を遠ざかっていくパタパタという足音が永遠子の耳に届いた。悠が部屋を飛び出していったのだ。

「待って、望月くん！」

永遠子はひとまず、悠を追いかけることにした。


同じ頃。冬実は、手術後の和泉を乗せたストレッチャーを、手術室から特別個室へと移していた。手術自体は、冬実には簡単な部類だった。この程度のオペができる人材が、聖カタリナには自分しかいない。その事実に、逆に不安を覚えてしまうほど簡単なオペだった。

特別室に到着した冬実は、落ち着かない様子の瀧川に迎えられた。

「本当にもう、安心なんだろうね」

瀧川が小声で尋ねてくる。

「バイタルは安定しました。念のため、明日、再度検査は行いますが、まず問題はないでしょう」

「もう一人の、女子高生のほうは？」

「伊東さんの件は、先程、日比野先生から報告を受けました。問題なく縫合も済み、意識も回復したとのことです。今はNCUに移っています」

冬実の言葉を聞いて、瀧川の表情が少し晴れた。しかし、冬実の心は晴れなかった。

「なぜ、突然和泉官房長官の動脈瘤が出血したのでしょう。彼の元々の容態なら、こんなことになるはずはありません。違和感があります」

「どういう意味だ」

瀧川がぎょっとして聞き返してくる。

「診察にミスがあったか、最初の処置にミスがあったかのどちらかだと思います」

思っていることを正直に冬実は口に出した。

「誤診があったと言うのか」

「可能性は高いと思います」

「…………」

「…………」

「……桧山くん、憶測で物を言ってはいかん」

「しかし」

「もちろん原因は調べよう。しかし、いずれにせよ、今回のことはくれぐれも内密にしなければな。新たに何かわかったときは、私にだけ報告してくれ」

万が一、和泉官房長官の治療に不手際があったことが知れれば、聖カタリナの評判は地に落ちる。瀧川の危惧していることは、冬実ももちろん理解している。

「もちろん、口外は致しません」

そう答えると、瀧川は、一転して冬実の機嫌をうかがうような笑みを浮かべた。

「ところで、どうだ？　気の張ったオペが二件も続いたんだ。明日あたり、赤坂に河豚《ふぐ》でも食べに行こうじゃないか。もちろん、今回のチーム全員でだ。私のポケットマネーでな」

「いえ、それは結構です」

冬実はあっさりと瀧川の申し出を断った。

「仕事が立て込んでおりますので。では、私は伊東さんの容態を見に戻ります」

「うむ。あっちの親も、テレビの人気コメンテーターだからな。この病院や君の評判を広げてくれれば御の字なんだが……うまくやってくれ」

それは医者の仕事ではない、と内心思いつつ、冬実は「はい」と頷いた。きびすを返して外に出る。その冬実の背中に、瀧川の声がまた、追いかけてきた。

「ああ、それと、明日の朝十時から、うちが業績面での発表を行うと、マスコミにファックスを流しておいたよ」

冬実が切望してきた日が、ついに訪れるのだ。瀧川はその後、こう付け加えた。

「脳機能iPS細胞再生術を臨床適用した件を発表する予定だ。君にも同席してもらうから、そのつもりで」


脳外科病棟の廊下を早足で歩きながら、冬実は、こみ上げてくる喜びを噛みしめた。

明日、さやかの手術は医学界に公表される。脳機能iPS細胞再生術の臨床適用例、第一号患者として。冬実は純粋に、その事実を喜んだ。脳外科の発展にとって素晴らしい一歩になる日になるだろう。その晴れの日に万全を期すためにも、一刻も早く、伊東さやかの様子をこの目で確認しておきたい。

冬実は足を速め、NCUに向かおうとした。そこで、冬実は、

「桧山先生」

と声をかけられた。

冬実の背後には、いつのまにか、悠と永遠子が立っていた。

「捜しましたよ、桧山先生。患者の家族への術後説明もしないで、今まで、どちらにいらっしゃったんですか？」

永遠子の口調は静かだったが、威圧感があった。

「一本、緊急オペが入ったので、ひとまず後のご説明は第一助手の日比野に任せました。ただ、それだけです」

冬実は一礼し通り過ぎようとした。が、

「待ってください」

と、悠に止められた。

「あいつの脚は治らないんですか？　桧山先生が途中で手術室を出ていったのは、それと関係があるんですか？」

冬実は、手術室を出た際に悠と一瞬、目が合ったことを思い出した。そして、今向けられている非難がましい視線。この少年は、何か考え違いをしている——冬実は冷静な口調で話し始めた。

「オペはすべて私の責任で行い、そして成功しました。脚が治らないなんて誰が言ったの？」

「あの……さっきの男の先生が」

冬実は、心の中で溜息をついた。日比野は真面目な性格ではあるが、患者や家族と相対するプレッシャーにはあまり強くない。おそらく、言葉足らずな説明に終始し、誤解させてしまったのであろう。

「術前のご説明では、さやかさんの機能は万が一傷ついても取り戻せるということでしたが、その理解で変わりないでしょうか？」

永遠子に尋ねられ、冬実は「ええ」と頷いた。

「伊東さんの麻痺や失語症の有無は、明日の検査で確認します。正常細胞が傷ついていなければ、早ければ一週間で退院できるでしょう。万が一、悪性細胞を切除した部分の影響で脚に障害が残ったとしても、植え付けておいたiPS細胞という保険があります。細胞が育ち完全に修復されるまでに時間はかかっても、半年以内にはおおむね全機能を回復できる、というのが私の見解です」

冬実の説明を聞いた悠は不可解な表情をしていたが、永遠子に、

「早いか遅いかの差はあるけれど、きちんとした技術でさやかさんの脚はちゃんと治

るということよ」

と付け足されると、ようやく納得の色を見せた。冬実は、医療コーディネーターとして常に同席している永遠子を時には煙たく思うこともあったが、冷静に医師の言葉を理解して橋渡しをしてくれるのはありがたいと、心の中で思った。

そこで悠が「あ」と呟いた。

「伊東のお母さんたちにも早く説明しないと。さっき、すげえショック受けてたし」

「今日はもう遅いですから、お帰りください。ご両親やご本人には、改めて私のほうからきちんと説明しますので」

冬実の言葉に、永遠子と悠は納得し、帰っていった。

悠は、永遠子と別れた後、聖カタリナ玄関前の自転車置き場で自分のクロスバイクに鍵を差し込んだ。気持ちは、数時間前からは想像もつかないくらい落ち着いていた。

——よかった。さやか、早く元気になればいいな。

目を覚ましたさやかに会えなかったのは残念だが、とにかく、手術は成功したのだ。さやかとふたりきりで話すチャンスは、これから、いくらでもある。

帰ろうとした悠は、ふと気づいたようにポケットから携帯を取り出す。電源を入れると、新着メールが五十四件も入っていた。

どれも、昼間にもメールを送ってきたクラスメイトたちからのものだった。「後で連絡する」とした悠の返信の後、新たな連絡を待ちわびていたのだろう。

「ったく、誰か代表にしてくれよな」

悠はブツブツとこぼしながらも、一人一人にメールを返していった。

「〝手術は成功した。安心しろ。皆にも言いふらしとけ〟っと……あ」

悠の携帯から、ピーピーと警告音が発せられた。電池切れの合図だ。

「やべ……」

そのまま、携帯の電源はぷつりと切れてしまった。

今日は、さやかの手術中にウェブで何度も検索をかけたり、永遠子が聖カタリナに来るまでの間に何度も携帯を確かめたりしていたため、思いのほか電池の消耗が激しかったらしい。

仕方ない。さっさと帰って充電しようと考えながら、悠は携帯をポケットにしまい、クロスバイクにまたがった。

7

冬実が自宅マンションへと帰宅したのは、日付が十二月十八日に変わり、午前一時を回った頃だ。夏帆が、リビングのソファに寝そべりながらテレビを観ていた。

「お姉ちゃん、まだ起きてたの？」

「起きたり寝たり、適当。あーあ、今日も一日暇だった」

言いながら夏帆は、テレビの電源をリモコンで落とした。一日中ソファの上から動かなかったのかもしれない。髪にひどい寝癖がついている。

「家にばっかり籠ってたらつまんなくない？　たまには外に出れば？　お姉ちゃん、ツーリング好きだったでしょ」

夏帆は、昔からバイクに乗るのが趣味だった。

「あたしさ、ブランクあるじゃん。事故ったら……とか考えたら、怖いんだよね。要介護とかになっちゃったら、ますます冬実のお荷物だよ。いいの？　それでもいいの？」

「…………」

冬実は言葉に詰まった。事故らなければいいのだ、と言い返したかったが、今の夏帆の状態なら飲酒運転で事故を起こしかねない。不用意な自分の言葉を冬実は後悔した。夏帆は、冬実の様子を見てふっと笑い、

「あたしだって、本格的に寒くなる前にぶっ飛ばしたら気持ち良いだろうなーって思うよ。でもさ、冬実の迷惑になるんじゃしょうがないよね。所詮、あたしなんて居《い》候《そうろう》の身なんだしさ」

と、いつもの決まり文句を言い、ひらひらと手を振って自室へと去っていった。

冬実は、バッグをソファに投げると、タバコだけ手にしてベランダに出た。明日は晴れの日なのだ。脳外科の歴史にとっても、きわめて重要な日なのだ。なのに、この苛ついた気持ちは何なのだ。姉との不毛な会話のせいか。それとも――。

先程、聖カタリナの廊下で永遠子と悠を帰してからのことだ。冬実はＮＣＵを訪れた。そこで、騒いでいるさやかの両親をなだめ、別室で手術内容の説明をし、「伊東さやかの脚が動かなくなる」という誤解を解いた。主治医としての役割は本日のところはこれで終了というところだが、冬実は最後に、映像保管室に向かったのだ。

聖カタリナ総合病院では、すべての手術記録を即座にデータ化し、保存するシステムを取っている。日付と時刻で検索すれば、すべての手術を確認できるのだ。映像保管室は、その全データを保管したデータベースマシンと、一脚の椅子だけが置かれている、狭い部屋だ。

——あとは、助手の日比野に任せた縫合の確認だけだ。それさえ万全なら、もう何の心配もいらない。

特に確かめたかったのは、硬膜の縫合だ。ここに問題があると、後々、髄液が漏れ出す危険性がある。部下の力量は正確に把握している。日比野の腕でも、硬膜の縫合程度なら確実にこなすはずだ。そう信じてはいたが、それでもすべてに不備がなかったのかどうかは、その日のうちに自分の目で見ておきたかった。

マシンを立ち上げ、『平成二十三年十二月十七日』の日付を呼び出した。時刻ごとに様々な手術が並んでいる。画面を辿りながら、冬実は「あれ?」と小さく声を上げた。

無い。

伊東さやかのオペのデータだけが、見当たらない。

――担当者がタイトルを付け間違えたんだろうか。

冬実は、前後のオペ映像を当たってみたが、やはり伊東さやかのオペ記録ではなかった。

――なぜ、無いのだ？

冬実は、映像管理を担当する事務員に確かめてみようと考えた。しかし、既に日付が変わるほど遅い時間である。事務員は帰宅してしまっているだろう。明日の朝イチで確かめる他なさそうだった。

何度か同じ検索を繰り返してから、冬実は釈然としない気持ちで映像保管室を後にしたのだった。

いや、気にすることはない。

自分のオペは完璧だった。伊東さやかの術後データにも、何の問題もない。

自宅のベランダでゆっくりとタバコを吹かし、青と藍色の中間のような、東京の夜空をぼんやりと冬実は見つめた。きちんと自分の脳がクールダウンされるまで、時を忘れてこのまま空を見ていようと冬実は思っていた。

いったい、どれほど、ベランダに佇んでいただろうか。

ソファに投げたままにしていたバッグの中で、携帯電話のバイブレーションが延々と音を立てているのに冬実は気がついた。こんな深夜に誰からだ。嫌な予感がした。慌ててリビングに戻り、通話ボタンを押した。

「もしもし、桧山先生?」

案の定、それは聖カタリナからの電話だった。

「NCUの患者さんが、急変しました!」

「NCUの?　まさか……」

よぎる不安をかき消すように頭を振った冬実に、電話の相手は決定的な一言を告げた。

「今日、先生がオペをされた、伊東さやかさんです」

第三章

1

人の声で意識が覚めた。

いや、その逆で、ずっと意識が覚めていたので、聞きたくもない声を聞いてしまったのかもしれない。

「脚が動かないなら、あの子、結局、寝たきりになってしまうんじゃない？」

これは、中年の女の声。

「おいおい、縁起でもない。やめてくれよ」

これは、中年の男の声。

声は、すぐ近くから聞こえてくる。

「だって、重要なことでしょう。もしそんなことになったとしたら――」

これは、一段と余裕をなくした中年の女の声。

「お前が、仕事を辞めて面倒を見れば済む話じゃないか」

これは、女に対して苛立ちを隠さない中年の男の声。

「何ですって。私は、今が一番大事な時なのよ」

「子供の面倒を見るのは母親の役割だろう」

「父親は何もしなくてもいいって言うの？」

「そうは言っていない」

「言ってるわ」

「じゃあ、お前はどうして親権が欲しいなんて言ったんだ。テレビ向けのポーズか？」

そこにようやく、別の声が割って入る。

「お静かに！　もう深夜なんですよ！　大きな声を出されると、病棟中に響きます。娘さんや、他の患者さんも眠っておられるんですよ！」

おそらく、女医か看護師の声だろう。

「お二人とも、カンファレンス室にいらしてください。娘さんの手術内容について、お話がありますので」

男も女も、それきり黙ってしまった。

三つの足音が、徐々に遠ざかっていった。


そっと目を開けた。

部屋の壁が、青白く光っているような気がした。月明かりだろうか。でも、頭を動かして窓の外を見る元気はなかった。ただ、脚を動かしてみようとした。

右脚、左脚……どちらも、鉛のように重かった。

そのことについて何かを考えるのは、今はやめておくことにする。

今、無性に、望月くんに会いたい。会うのが無理なら、声だけでも。いや、メールだけでもいい。

目の端っこでテーブルの上の携帯を捉え、指をそろそろと伸ばす。

望月くんのアドレスを呼び出す。

簡単な文字を打つ。

〝わたしのあしがうごかなくなったらいや?〟

たったこれだけの動作なのに、身体が重くて仕方がない。

「送信……」

なんとか送信ボタンを押すことができて、ほっとする。

望月くんからの返事がくるまでは、起きていようと思った。

でも、十分経っても、二十分経っても、一向に返事は返ってこない。

そのうち強烈な眠気が襲ってきて、逆らおうとしてもどうしようもなく……目を閉じた。

2

「先生がオペをされた、伊東さやかさんが急変しました」

冬実の頭からすっと血の気が引いた。

──急変？　まさか！　あり得ない！

確かに、さやかの身体にしばらくの間、麻痺が残る可能性はあった。が、今すぐ生命機能に危険が及ぶ事態になることは考えられなかった。

──なぜ、なぜ？

頭の中でわんわんと鳴り響く疑問を振り払うように、冬実はぶるりと身を震わせた。そして、吸いさしのタバコをキッチンのシンクに投げ捨て、冬実はそのまま部屋から駆け出した。エレベーターを待つのももどかしく、駐輪場まで非常階段を駆け下りた。いつものように自転車にキーを差し込もうとするが、焦りのせいかうまく入らない。

——タクシーのほうが早い！

冬実は、駒沢通りまで走り、タクシーを拾った。

「聖カタリナまで。急いで！」

事態は一刻を争う状況だ。冬実は、信号が赤に変わるたび、

「早く！　早く！」

と叫んだ。五分後、タクシーは聖カタリナの裏玄関に到着した。冬実は千円札を運転手に半ば放り投げ、病院のロビーに駆け込んだ。

「桧山先生」

看護師に呼び止められた。

「ＮＣＵで当直の渡《わたり》先生が処置していますが、意識レベルが極めて低下しています」

冬実はＮＣＵに直行した。ガラス越しの室内に、医師や看護師たちが慌ただしくさやかのベッドを取り囲んでいるのが見える。冬実は室内に入り、

「どいて！」

と人垣をかきわけて中へと入った。そして——伊東さやかの姿を一目見て、冬実は息をのんだ。さやかの頬からは一切の赤味が消えていた。瞼の端にも力は感じられない。冬実はさやかの頬を強く叩いた。

「伊東さん！　伊東さん！」

冬実が呼びかけても、さやかの反応はなかった。冬実はさやかの瞼をこじ開け、目にライトを当てた。

——瞳孔反射がない！

突如、モニターの警告音が鳴り響いた。と同時に、

「先生、バイタルが下がっています！」

という看護師の千津の悲鳴が響いた。

冬実は装置に表示された値を確かめた。血圧も心拍数も、どちらも、急速に降下していく。予想を超えた何かがさやかの身に起こっている。それは確かだった。だが、その何かが何なのかが、今、冬実にはどうしてもわからない。

「DCの準備！」

冬実は、険しい表情で千津に指示した。そして、自らはさやかのみぞおちの上部に両掌を当てた。そのまま、強い力をこめて一定の速度で押し始める。さやかの胸骨が

浮き沈みする。心臓マッサージ。この後行う除細動の措置は、三分以上の心臓マッサージを行ってから取りかかるほうが、救命率が高いのだ。しかし、冬実のその努力をあざ笑うかのように、さやかの心拍数は急降下していく。

――なぜ？

冬実は、心の中で叫びながら、心臓マッサージを続けた。ほどなく機器の電子音がフラットになり、さやかの鼓動の停止を示した。

――！

「DCは？　まだなの？　早く！」

冬実が苛立つ声で叫ぶのと、

「お願いします！」

と言って千津が除細動器のパドルを差し出すのとが、ほぼ同時だった。冬実はひったくるように受け取り、手早く伝導ゼリーをつけた。そして、さやかの心臓を挟むように、パドルを当てた。

「チャージ二百。離れて！」

バチッ！

千津がパドルの放電ボタンを左右同時に押すと、大きな音とともにさやかの身体は激しく跳ね上がった。さやかの身体に、強い電流が送られたのだ。冬実は息を潜め、さやかの鼓動が戻ってくるのを待った。

――お願い。戻ってきて！

しかし、室内には依然として、鼓動の停止を示すフラット音が鳴り響いている。

「もう一度。チャージ二百五十」

バチッ！

さやかの身体は、先程よりも激しく跳ね上がった。さやかの胸部から肉の焦げたような臭いが漂い、それは室内に充満した。

冬実は、じっとさやかを見つめる。

――お願い！　お願い！

千津も、他の看護師や医師たちも、室内の誰もが息をのんでさやかを見つめた。しかし、冬実の祈りもむなしく、フラット音が鳴りやむことはなかった。冬実はパドルを離し、さやかの身体に再び両掌を当てた。そして、渾身の力をこめて心臓マッサージを始めた。さやかの心臓が再び動く望みがほとんどないことは、冬実にも痛いくらいにわかっている。だがここで、黙ってさやかの命を諦めてしまう訳にはいかないのだ。

何分間、死神相手に空しい戦いを挑んだだろうか。

やがて、千津がそっと、冬実の手を止めた。

「桧山先生、伊東さんはもう……」

「放して！」

冬実は千津の手を振り払って、さやかの身体にすがりつく。そして、渾身の力で、反応のないさやかの心臓に一定のリズムで刺激を与える。室内に響くフラット音の中に、冬実の、はっ、はっ、という荒い息遣いが混じる。振り乱した髪から汗が落ち、さやかの頬に降りかかった。

——この手を止めてしまったら、そこで負けだ。負けなのだ。

その一心で、冬実はひたすらさやかの心臓を押し続けた。十分、さらに十五分……しかし、さやかの心臓が鼓動を刻む兆しは見られない。二十分を過ぎたところで、ついに、冬実の手が止まった。冬実の呼吸は、全力疾走で長距離走を終えた直後のように乱れていた。身体中のどこにも、余力は残っていなかった。冬実はよろめきながら、さやかの胸から手を離し、床に膝をついた。壁の時計を見て、告げる。

「死亡時刻、午前二時五十二分です」

自分の声が、やけに遠く聞こえた。

閉じられたままのさやかの目。包帯を巻かれたさやかの頭部。息をしなくなってしまった口。

——なぜ、こんなことになってしまったのだろうか。手術に、何か問題があったのだろうか。

何度も何度も思い返したさやかのオペの手順を、冬実はもう一度最初から、頭の中で再現した。頭蓋骨を開く。くも膜を切り分ける。周囲の神経は傷つけていない。マッピングも慎重に行った。血管腫を切る。悪性細胞を取り除く。iPS細胞を植える。やはり、ここまでの処置で、命に関わるような問題は起こらなかったはずだ。ひとつひとつの処置を思い返すことで、さらに深く冬実は混乱した。どこかに自分が気づいていない手落ちがあったのか。それとも、日比野に任せた最後の縫合に問題があったのだろうか——。

「桧山先生！」

扉を開ける音、室内に踏み込んでくる靴音、そして尖った声が、冬実の思考を遮った。りえ子だ。後ろには邦夫の姿がある。さやかの急変の連絡を受けて、駆けつけてきたのだ。自分は主治医として、彼らの娘が亡くなってしまったことを、報告しなければいけない。

「さやかはどこ？」

「……あちらです」

りえ子は、ベッドに横たわるさやかを見るや否や、駆け寄った。邦夫もさやかの足元へと移動する。輸液チューブや機器類が片付けられたさやかのベッド周りの状態が何を意味しているのか、りえ子や邦夫も理解しているだろうか。

「伊東さん。残念ですが、さやかさんは先程……」

冬実の声は、低く、掠れた。

「……さやか！」

りえ子は、さやかにすがりつく。跪《ひざまず》き、さやかの頬にそっと手を当てる。

「まだ、あたたかい……」

りえ子は、必死にさやかの身体を揺すった。

「生きてるんでしょ、さやか！　お父さんとお母さんが来たわよ！　早く目を覚ましなさい！」

しかし、りえ子がいくら揺すっても、さやかが瞼を開くことはない。邦夫は、静かに感情を押し殺しているのだろうか、俯いたままだ。声をかけていいものかどうか躊躇《ためら》いながらも、冬実は口を開いた。

「救命措置を行ったのですが、心停止が確認されました。私どもも最善を尽くしたのですが……」

「死んだってこと……？　この子が……？」

りえ子は、涙を湛《たた》えた瞳で冬実を見上げた。そして、わっとさやかの枕元に突っ伏した。邦夫は唇を噛み締め、拳を握りしめていた。その、微かに震える拳を見ながら、冬実は不謹慎にも、まるでテレビドラマのワンシーンのようだ、と思ってしまった。今まで立ち会った死の告知では——特に死んだのが子供の場合——親は完全に思考停止したり、見苦しく医者にすがりついたり、なぜか馬鹿笑いをしたり、突然違う話をしたり、延々と沈黙したり、とにかく様々な反応を見せる。それに比べると、この両親は、あまりに美しく悲しんでいる。

「あなたね」

唐突に、りえ子が立ち上がった。

「涼しい顔をして！　さやかは手術をすれば治りますって言ったじゃないの！」

「やめなさい」

と、邦夫がりえ子を止める。それでもりえ子は、

「手術なんかさせなければよかった」

と、吐き捨てるように言った。手術をしなければしないで、やはりお嬢さんは死んだのですよ、と冬実は言い返したい気持ちをぐっと抑えた。

「手術に問題はなかったと、私個人としては考えています」

ただ、そう告げた。遺族の反発を招くのはわかっているが、冬実としては、必ず言わなければいけない言葉だった。

「でも、さやかは死んでしまったのよ！　あなたの手術に問題があったからでしょう！」

りえ子はヒステリックに叫んだ。

――今だ。今、言おう。

「そこで、お父さんお母さんにお願いがあります。さやかさんの病理解剖の許可を頂きたいのです」

そう、冬実は切り出した。

「解剖……？」

りえ子と邦夫は、虚をつかれたように冬実を見つめた。

「はい。さやかさんの手術は、確かに難しいものでした。術前にお話ししたように、何ヵ月か麻痺が残ってしまう可能性もあったのは、確かです。ただ、今回のような命に関わる急変が起こるとは、考えにくいのです」

冬実は、夫婦を交互に見ながら、ゆっくりとした言葉で説明した。二人は、勢いを削がれたようにじっと押し黙っている。

「生前の診断が妥当だったか、あるいは、現在の治療技術で対応できなかった病気や異状が他になかったのかどうか。それとも、お二人がおっしゃるように、私の手術に問題があったのか。すべてを明らかにするために、解剖させていただけませんか。私としても、さやかさんが亡くなられた原因を、ここでうやむやにしたくないのです」

りえ子は邦夫と顔を見合わせる。が、すぐに目を逸らした。

「……少し、考えさせてください」

りえ子ではなく、邦夫が答えた。

「どうぞご夫婦でお話し合いください。後ほど、再度ご説明に伺います」

冬実は一礼して去った。

廊下に出る。

見慣れた院内の景色が、なぜかモノクロのように色を失っていた。助けられるはずだった命が一つ、消えてしまった。それも、予想もしていなかった形で――今はただ、ひとりの医師として、人間として、患者がどのような理由で命を落としたのか、それを知らなければならない。自分の治療が間違っていなかったことを証明できるか、それともさらに厳しい結果を突きつけられるか。いずれにせよ、覚悟を決めて前に進むしかない。

絶対に、伊東さやかの死の原因を、突き止めなければならないのだ。

3

午前七時十分。冬実は映像保管室にいた。伊東夫妻からさやかの解剖の許可を得るまでに、もう一度、手術映像を探しておきたかったのだ。今となっては、この手術映像は非常に重要な記録である。最初から映像をじっくりと確認したい。そうすれば、さやかの死の原因が見えてくるかもしれない。昨日ざっと探した際には見つけられなかったが、確かにここに保管されているはずなのだ。今度こそ腰を入れて真剣に探そうと、冬実は決意していた。

冬実は端末の電源を入れ、十二月十七日のデータを呼び出す。そして、上から順に片っ端からデータを開き、ひとつひとつのオペを丹念にチェックしていく。

午前九時。第二外科、第三手術室で胃癌定型手術。

午前十一時。第一外科、第二手術室で腹部大動脈瘤切除手術。

午後二時半。婦人科、第三手術室で子宮筋腫核出術。

午後五時。整形外科、第四手術室で股関節全置換術。

午後七時半。脳外科、第二手術室で頭部動脈瘤除去手術。

——違う。これも、違う。

他の科のデータもすべて確認したが、どれもひと目でさやかの手術ではないことが見てとれた。念のため、十二月十六日、十二月十五日と遡《さかのぼ》って調べていくが、見つからない。やはり、さやかのオペの映像だけが、すっぽりと抜け落ちている。

冬実は医局に戻り、事務局に内線電話をかけた。

「脳外の桧山です。オペ映像保管の担当者を、お願いします」

ほどなくして電話に出た女性は、清水雅子《しみずまさこ》と名乗った。彼女は、院内の電子カルテやオペ映像の管理を一手に引き受ける責任者だ。彼女は冬実に問われるまま、映像記録システムの説明をした。

「基本的に、手術室のメイン電源が入る際に、手術室内に置かれたホストコンピュータの記録スイッチもオンになります。そのまま、メイン電源が落とされるまでの間、記録が続けられます。記録が終わると、自動的に映像保管室のマシンに転送され、保存される仕組みになっています。正しくすべてのオペ記録が保存されているかどうか、私が定期的に確認しています」

雅子は、昨夜の帰宅前に確認した際には、確かに『午後一時・脳外科』のオペ映像を見た覚えがある、と続けた。

「本当に？」

冬実は思わず声を荒らげた。

「でも、今はないんですよ、どこを探しても！」

冬実の剣幕に押されて、雅子も慌てたようだ。

「誰かがアクセスした際に、誤って映像を消去してしまった可能性もあります。昨日の映像でしたら、ホストコンピュータにまだ映像が残っていると思いますので、今すぐ調べてみます」

そう早口に言って、彼女はいったん内線を切った。今の雰囲気なら、すぐに、ホストコンピュータにアクセスしてくれるだろう。手間はかかったが、伊東さやかのオペ映像をやっと見ることができそうだ。落ち着こう。冬実は自分で自分に言い聞かせた。まずは、コーヒーを一杯飲もう。が、コーヒーメーカーに電源を入れた途端に、悪いニュースを知らせる電話が鳴った。

「脳外の桧山先生でしょうか」

「はい」

「実は……その……ありませんでした」

清水雅子は申し訳なさそうに言った。

「えっ？　どういうこと？」

「ホスト側の映像、昨日以降のものがないんです」

「嘘でしょ？」

冬実は思わず立ち上がった。医局の医師や看護師たちが一斉に冬実に注目する。しかし、冬実は周囲の状況など目に入らなかった。

「そんなはずはないでしょう！」

「申し訳ありません！　こんなことは初めてで、私も何がなんだか……」

雅子の声は上擦っていた。彼女も、ひどく動揺しているようだった。

「とにかく、映像を復元できないかどうか、これから調査してみますので」

「……大至急でお願いします」

そう冬実は答え、電話を切った。そして、椅子の背もたれに背を預けて、目を閉じる。雅子の指摘どおり、保存された映像を誰かが何かの拍子に消してしまった可能性ももちろんある。しかし、よりによってさやかの手術映像だけが消えていること。しかも、ホストコンピュータの映像までもなくなっているということが、冬実の心に強く引っかかった。

これは果たして、偶然なんだろうか？　まさか、誰か第三者の意思が絡んでいるなんてことは——。

背筋に、ぞくりと戦慄が走った。冬実は両手で自分の腕を包み、湧き上がってくる震えを必死でこらえた。かすかな疑惑が、冬実の中に芽生え始めた瞬間だった。


すぐに医局を出て、脳外科のナースステーションへと冬実は向かった。

「田上さん、いる？」

冬実は、看護師の千津を呼び出した。千津は、心なしか頬がこけ、疲れきった様子に見えた。冬実とともにさやかの急変の措置をした後も、夜間勤務に追われていたのだろう。冬実は、お疲れさま、とひと言労《ねぎら》った後、

「伊東さんのこと、詳しく説明して」

と切り出した。

「あなたは病棟担当よね。なぜ伊東さんの異変に気づいたの？」

冬実の問いかけに、千津は、

「あれは、偶然だったんです」

と話し始めた。

「見回りのついでに、ＮＣＵに寄ったんです。伊東さんは重篤な患者で、逐一チェックしていて欲しいと、院長から脳外のナースにお達しが出てましたので」

瀧川がそんな指示をしていたということは、冬実には初耳だった。

「それ、何時くらいのこと？」

「確か、二時になる少し前のことだったと思います」

千津は、思い出すように時計をちらりと眺め、続けた。

「そして、私がさやかさんのバイタルをチェックしていた時、突然、数値が異状を示しだしたんです」

「いきなり?」

冬実は、首を傾げた。やはり、おかしい。今回の海綿状血管腫の手術後に、そのような急激な容態の変化があるとは考えがたい。破裂の危険がある血液の塊は、既にすっかり取り除いてしまったはずだからだ。

「私では対応しきれないと思ったので、すぐに当直の渡先生を呼んで、桧山先生にも電話をかけました」

千津は申し訳なさそうに、

「私がお話しできるのは、それだけです」

と頭を下げた。彼女の証言に、特に不自然な点は見受けられなかった。

冬実は次に、当日のオペのチームメンバーに声をかけるべく、手術室へと向かった。オペ看の恵は、ちょうど第二手術室に入ろうとしているところだった。

「正木さん」

恵は振り返り、冬実の姿を認めて、

「おはようございます」

と挨拶した。昨日のオペ後にたっぷり眠ったのか、白い肌には艶がある。

「昨日はお疲れ様でした」

「そのことなんだけど……あっ、中村先生も、こちらに」

冬実は、麻酔科医の中村が薬剤を手に歩いてきたのを見つけ、声をかけた。中村は、一瞬身構えるように足を止めるが、いつものように穏やかに微笑みながら、

「おはようございます」

と一礼した。

冬実は、すぐに本題に入った。

「二人とも、伊東さやかさんの手術映像に心当たりない？」

冬実が尋ねると、二人は一様に「知りませんが……」と首を傾げた。冬実は、早朝にさやかが急変して亡くなったと、二人に打ち明けた。

「まさか」

中村は、信じられないといった様子で呟いた。恵は、口を押さえて息をのんだまま佇んでいる。そうだろう、冬実だってまだ、信じられない。信じたくない。

「手術中に、何か変わったことはなかった？　特に、私が抜けてから縫合が済むまで。よく思い出してみて」

冬実の尋問に、中村は、特に問題はなかったとすぐに答えた。が、恵は、一瞬考え

る素振りをした。それが冬実には気になった。しかし、恵は結局、

「私にも、特に気がかりなことはありませんでした」

としか答えなかった。冬実はさらに問い質《ただ》そうとしたが、二人は、

「オペの時間が迫っていますので」

と、第二手術室の中へと入っていった。


手術室にいたメンバーで、まだ冬実が話を聞いていないのは、第一助手の日比野だけになった。が、出勤時刻の八時を過ぎてもまだ、彼は医局には姿を見せていない。冬実が勤務表を確かめてみると、今日の日比野の予定欄が白紙になっている。まさか、休みか？


その時、おはようございます、と真田が出勤してきた。冬実が「日比野くんは？」と尋ねると、

「あ、やっぱり桧山も聞いてなかったんだ」

と、真田は、露骨に不機嫌そうな表情になった。

「日比野、昨日付けで退職なんだって」

「は？　退職？」

思いも寄らぬ事実だ。冬実は驚いた。

「昨日は普通に助手してたわよ。そんな素振りはこれっぽっちもなかったし」

「俺も本人からは聞いてない。どうやら、うちの医局でも大橋部長くらいしか知らなかったみたいだぞ。水臭いよな」

入局以来ずっと面倒見てやったのに、などと、真田はブツブツと不満を漏らしている。冬実は「挨拶くらいしていけ」などと口やかましいお局《つぼね》のような注意をするつもりはない。ただ、医局で親しかった先輩にも知らせないという退職の仕方は異例だったし、腑に落ちなかった。

「日比野くんの実家、脳外だったわよね。跡を継ぐって？」

冬実が真田に尋ねると、真田はうーんと唸った。

「はっきりしないけど、噂では他の病院へ移籍だと聞いてるよ」

「い、移籍？」

「千葉の野津江総合病院、だったかな」

冬実の中に、また、ざわざわとした気持ちが芽生えた。野津江総合病院は、脳機能ｉＰＳ細胞再生術開発を牽引する病院であり、聖カタリナとはいわばライバル関係だ。彼はまだ若手で執刀経験も少なく、他院から引き抜かれるほど優秀だとは思えない。それに、転籍だとしても、なぜ区切りの良い年末を待たず、今なのか。不可解だ。

冬実は、とにかく、日比野とコンタクトを取ってみようと決めた。医局に保管されていた緊急連絡簿を開き、日比野の携帯電話の番号を探した。電話をかけると、日比野はワンコールで出た。

「はい、日比野ですが」

「聖カタリナの桧山です」

「ああ……桧山さんでしたか」

日比野の口調は、どことなく素っ気ないように感じられた。冬実は、日比野の退職の件には触れず、用件だけを切り出した。

「昨日の伊東さやかのオペ映像が見当たらないんだけど、日比野くん、心当たりない？」

「いえ。オペの後は、患者さんに術後対応して、すぐに帰りましたから」

「それじゃ、最後の縫合のところ、どんな処置をしたのか詳しく聞かせて。まず、硬膜を閉じる時だけど――」

が、冬実の言葉を、日比野はぶっきらぼうに遮った。

「別に、通常どおりに縫合しただけですよ」

そして、それから、

「俺、もう聖カタリナの人間じゃないんで、上から目線で桧山先生からあれこれ言われる義理はありませんから」

と言い放ち、そのままプツリと電話は切られた。冬実は、受話器から流れるツーツー音を聞きながら、呆然とした。日比野から、これほどぞんざいな対応をされたのは、初めてだった。そもそも、日比野は、さやかの死を知っているのだろうか。知っていて、こんな無責任な態度でいるのだろうか。

冬実は再度、日比野の携帯電話にコールした。が、呼び出し音が鳴り響くだけで、日比野が電話を取る気配はなかった。

さやかの突然の死、消えた手術映像、そして日比野の転籍。さやかの手術後の半日あまりで、これだけの不可解な出来事が連続して起こっている。これらの出来事は、みな、無関係なのだろうか。何か、裏で繋がっていたりする可能性は無いだろうか。たとえば——自分が何者かに嵌《は》められた、みたいな。

冬実は最後に、薬剤師の森田篤志《もりたあつし》のもとを訪れた。森田が処方した薬を確認しようとしたのだ。森田はいつものように、かっちりと締めた紺色のネクタイを白衣の隙間から覗かせていた。

「森田先生、伊東さやかに処方された薬剤は、こちらの六種類で合ってますよね？」

冬実がカルテを差し出すと、森田はキャビネットのファイルからメモを取り出した。そこには細かい文字で、使った補液の種類や量、補充したタイミングがびっしりと記されていた。カルテとは別に、森田が個人的に記録しているものだ。

「ええ、間違いありません」

「そうですか。それならば、結構です」

冬実の答えに、森田は、カルテから顔を上げ、怪訝そうに問い質した。

「桧山先生は、私を信頼してくださっているのだと思っていましたが」

「もちろんです。ただ――」

「ただ？」

「ひとつひとつの処置を確認して、エラーがあった可能性を潰していきたいのです。外科的な処置で急変を起こす要素は、今回の場合、ほぼゼロに等しいのですから」

冬実がきっぱりと言い切ると、森田は「それはどうですかね」と冷笑した。

「私も、桧山先生の腕を信頼しています。が、あまりに過信すると、見るべきものが見えなくなりますからね」

「どういうことですか？」

「別に、言葉どおりです。他意はありません」

森田は、にこりともせずに冬実をじっと見つめている。冬実と森田の間に、険悪な空気が漂った。

「森田先生、そのメモに書かれている薬剤の内容は、本当に嘘やごまかしのないものなんですよね？」

冬実が改めて問うと、森田の目は「心外だ」と言わんばかりに吊り上がった。

「そんなに疑われるのなら、コピーでもされていらっしゃったらいかがですか？　後で解剖の際に確かめれば、すべてわかることですから」

「そうさせていただきます」

冬実は森田の手からメモを奪い取り、コピー機にかけた。そうしながら、少し森田への態度を反省した。冬実としても、ここまで森田に問い質すつもりはなかった。が、どうしても解《げ》せないことばかりで、神経が苛立っていたのだ。冬実が森田にメモを返し、医局を出ようとしたその時、看護師がおずおずと冬実に声をかけた。

「あの、桧山先生……院長がお呼びです」

午前九時七分。院長室で冬実を待ち受けていた瀧川は、

「桧山くん、待っていたよ。今回は大変だったね」

と猫なで声を出した。微笑みさえ浮かべている。真っ先に叱責を受けると覚悟していた冬実は、拍子抜けした。瀧川は、その表情のまま、

「まあ、猿も木から落ちることがあるように、優秀な外科医が力を発揮できないことだってあるさ」

と、冬実を慰めるように言った。

冬実は、何も答えなかった。

「それはそうと」

と、瀧川は口調を変えた。病院の経営について話す時の、商売人の顔になる。

「伊東さやかの解剖の話は取りつけたのかね？」

「ご家族には先程ご説明しましたが、少し考える時間が欲しいとのことでした」

「何を置いても、まずは解剖だ。しっかりと、遺族の納得がいくまで説得するようにな」

「はい」

「そして、万が一、解剖で君にとって思わしくない結果が出たとしても、それはうまく処理するように。いいね？」

「！」

「いいね？」

「それは、隠蔽ということでしょうか」

憤怒に似た気持ちを悟られぬよう、努めて平静な声で冬実は尋ねた。

「いやいや。隠蔽なんてとんでもない。ただ、慎重に言葉を選んで、こちらの責任が問われない状態にするということだ。解剖結果は脳外の中でも、内密にな」

「もし、私の処置に何か問題があったのだとしたら、その時は潔く頭を下げます。私には自分のオペに対して、それだけの覚悟も、自信もあります」

冬実は言い返した。瀧川の表情はみるみる険しくなる。

「軽はずみなことを口にするんじゃないよ」

と、瀧川は、一喝した。

「外科医が自らの執刀について頭を下げる時、それはすなわち、外科医としての死だ」

「…………」

「脳機能iPS細胞再生術を確立できるのは、うちには君しかいないんだぞ。その君の、外科医としての道を閉ざす訳にはいかない。君の才能は、もはや君ひとりのものではないんだ！」

「…………」

「予定していた会見は、和泉官房長官の病状説明に変更する」

「しかし」

「君の功績を大々的に報道してもらおうと思ってマスコミに集まってもらったんだが、今回は無駄になった。だが、気に病む必要はない。またチャンスは来る。とにかく、今日は十時から、和泉官房長官の病状説明だ。君も和泉官房長官の主治医として、同席してもらうぞ」

「…………」

ここで、瀧川と言い争う気には、冬実はなれなかった。すべては、さやかの死因が明らかになってからのことだ。そのためには、まずは解剖だ。解剖ですべてを明らかにする。そして、絶対に、真相に辿り着くのだ。

冬実は、さやかの両親を捜した。手に、解剖に関する説明書と同意書を持って。自分が殺したかもしれない患者の遺族に再び相対するには、勇気が必要だった。しかし、冬実は弱気に傾こうとする自分を奮い立たせ、努めて冷静を装いながら院内を捜し歩いた。

まず、さやかの遺体が安置されている霊安室を訪れたが、そこには伊東夫妻はいなかった。次に冬実が向かったのは、さやかが術前に入っていた三〇二号室。扉を開けると、そこにりえ子が独りで、いた。空のベッドに突っ伏している。邦夫の姿は見えない。冬実が声をかけると、りえ子はピクリと顔を上げ、そして、のろのろと身体を起こした。目が、真っ赤だった。

「失礼します。先程お話しした解剖の件なのですが、資料をお持ちしましたので目をお通しいただけますか。今一度、詳しいご説明を——」

「いえ、結構です」

りえ子は、冬実の言葉を遮った。

「解剖は、やめます」

「しかし——」

「まだ、あの子が死んだなんてどうしても思えないんです。切り刻んで、顔や身体に傷をつけるなんてかわいそうでできないんです。このまま綺麗な身体で家に連れて帰ってあげたいんです」

「ま、待ってください、伊東さん」

冬実は慌てた。

「さやかさんの亡くなった原因は、解剖しなければ明らかにならないんです。お母様だって、真実を知りたいとおっしゃっていたじゃありませんか」

りえ子は目を伏せた。

「あれから、気が変わったんです」

冬実は、言葉に詰まった。遺族が、時間経過とともに解剖の意思を変えることは、実はよくある。通常は、それ以上医者側から解剖を無理強いすることはない。しかし、今回に限っては違う。冬実が関係者から様々な情報を集めたことで、かなり不自然なリンクが見え始めた。解剖をすれば、さやかの死の原因――そして、その可能性を考えたくはないが、最悪、第三者による悪意の存在の可能性まで、究明できるかもしれないのだ。

「ご主人は何とおっしゃってるんですか？」

冬実は諦めきれずに、尋ねた。

「……私と同じ意見です」

そして、りえ子は顔を上げ、冬実に懇願するように言った。

「お願いです。どうかもう、娘を失った私たちを、そっとしておいてください」

冬実は、思わず天を仰いだ。これで、伊東さやかの死の真相を突き止めることはできない。それはすなわち、冬実が自分の手術の正しさを証明するチャンスを、永遠に失うということでもあった。

4

午前九時五十分。聖カタリナ総合病院のロビーは、人であふれ始めた。大型機材を担いだカメラマンや、腕章をしたスタッフが慌ただしく階段を駆け上がる。マイクを持った女性記者がロビーの一角を陣取り、カメラに向かって中継を行っている。

悠は、人々の慌ただしい流れの中、ロビーを横切り病院内へと進んだ。さやかから送られてきたメールが気になっていた。

〝わたしのあしがうごかなくなったらいや？〟

悠がそのメールに気づいたのは、明け方近くのことだった。家に帰りついてから、緊張が解けたからだろうか、携帯を充電器に差し込んだ瞬間、悠は布団に倒れ込んでしまった。何時間か後、ふと目を覚ました時に携帯を確かめ、クラスメイトたちからのメールの中にさやかからのメールが紛れていることに気づいたのだ。

〝脚は動くようになるよ。絶対〟

悠は慌ててそう返信したが、さやかからの返事はない。早く顔を見て大丈夫だよと安心させてあげたい。とにかく、早くさやかに会いたい。

まず、NCUに出向く。昨夜、さやかが術後に運ばれた場所だ。廊下から中を覗くと、室内の電灯は消え、窓にはカーテンが引かれていた。扉には鍵がかかっている。中には誰もいないようだ。

――もう具合が良くなって、一般病棟に戻ったのだろうか。

悠は、期待を胸に、さやかが術前に入っていた病室に向かう。脳外科病棟三〇二号室。部屋に辿り着き、扉を開ける。

「あれ？」

どういうことなのだ。

ベッドには、さやかの姿はなかった。そればかりか、布団やスリッパ、パイプ椅子など、ベッド周りに置いてあったものもすっかり片付けられている。枕元に下げられていた『伊東さやか』の名札も、ない。悠は、もぬけの殻となっている室内を、ただ呆然と見つめた。

——まさか、もう、退院した？

悠は、廊下を通りかかった看護師の千津を捕まえた。これまでさやかを見舞った際に、何度か会話を交わしたことのある看護師だ。

「あの、伊東さやかはどこですか？」

千津は、はっと顔を強張らせた。その表情が、悠の顔も強張らせた。

「伊東さんは……」

「？」

「とにかく、こちらへどうぞ」

千津は口ごもりながら、悠を案内するように歩き始めた。泥のように不安が押し寄せてくる。悠が連れてこられたのは、地下一階の、窓のない部屋だった。扉の上に掲げられている『霊安室』のプレートを見て、悠は立ち竦んだ。この部屋の意味するところを、悠は知っている。

――なぜ、さやかがここに？

心臓が、早鐘のように鼓動を打ち始める。中を見てはいけない。そう思っているのに、悠の目は勝手に、部屋の中へと動いていた。六畳程度の狭い室内。正面の奥には祭壇がしつらえられ、その前に置かれたストレッチャーの周りでは、慌ただしく二人の看護師が立ち働いている。そして、ストレッチャーに横たわる女性の顔。

さやかだった。

目を閉じたまま、身じろぎもしないさやか。

顔が、雪のように白い。看護師たちは、そのさやかの顔に、メイクを施している最中だった。頬には赤いチークがはたかれ、唇はグロスで健康的なピンク色に色づけられている。

「どうぞお入りください」

千津の言葉が、やけに遠くに聞こえる。ふわふわとした足取りで、悠はさやかに近づいた。線香の匂いが、つんと鼻腔を突く。

「おい、さやか」

昨日はゆっくりと開いたさやかの瞼が、今日は閉じたままだ。長い睫毛が揺れることも、ない。

「さやか、起きろよ」

悠は、そっとさやかの手にふれた。しかしさやかの手は、指先まで固く強張っていた。その強張りが、さやかの命がもうこの世にはないと告げていた。

悠は、さらにさやかを揺さぶった。

「さやか！　起きてくれよ!!」

悠が何度揺さぶっても、さやかはただ冷たく、じっと横たわるのみだった。

「嘘だろ……」

悠の足から力が抜ける。気がつくと、床に崩れ落ちていた。

——手術は成功したんじゃなかったのかよ！

悠の唇から、声にならない嗚咽が漏れた。そして、次の瞬間には手近にあったパイプ椅子を思いきり投げつけていた。パイプ椅子は金属製の扉に当たり、硬質の音を立てて、倒れた。

「ううううう……」

悠の口から、獣が吠えるような低い声が漏れる。

椅子の音に驚いたのか、看護師が飛んでくる。

「どうかされましたか？」

「……ふざけんじゃねえよ！」

悠は看護師の胸倉をつかむと、食ってかかった。悠は看護師を廊下まで押しやり、壁にぶつけた。

「あんたが殺したのかよ」

「お、落ち着いてください！」

「そうなんだろう？　答えろよ！」

「君、やめなさい！」

悠の怒りに怯える看護師との間に、男性技師が割って入った。

「うるさい！」

悠は男性技師をも突き飛ばした。その拍子に、悠の膝からふっと、力が抜けた。悠は倒れ込むようにして廊下に座り込んだ。冷たい地面に押しつけた悠の拳の上に一つ、涙が零れ落ちた。

＊

午前十時。永遠子は、聖カタリナ総合病院の会議室に駆け込み、入り口近くのパイプ椅子に滑り込んだ。室内には、多くの報道陣が詰め掛けている。部屋の前方には長机と、三人分のパイプ椅子が並べられている。病院側関係者の登場は、まだのようだ。どうやら、間に合ったらしい。永遠子は昨夜、親しい記者から「聖カタリナで、医療実績に関する会見が開かれる」という情報を聞きつけ、患者訪問の合間を縫って駆けつけたのだ。

不意に、前の席に座っていた男が、永遠子のほうを振り返った。

「よう。あんたも、ネタ拾いに来たのか？」

「……鳴沢さん！」

男は、鳴沢恭一だった。永遠子は思わず目を逸らした。鳴沢は、そんな永遠子の戸惑いにはお構いなしといった様子で、黒いキャップ越しに鋭い瞳を覗かせ、永遠子をじっと覗き込み、ニヤリと笑った。

「なあ。今日、何の会見なのか、知ってるか？」

「さあ、私も詳しくは。医療実績の説明という噂だから、オペの技術で、何か革新的なことがあったんじゃないかと期待していますが」

早く会見が始まらないだろうかと苛立ちながら、永遠子は腕時計を見た。開始予定の十時を五分、過ぎている。

「ふん、つまんねえの。医療事故かなんかなら、楽しいことになるのにな」

かぶっていたキャップを取り、人差し指でくるりと回しながら囁く鳴沢に対し、

「何、不謹慎なこと言ってるんですか？」

と、永遠子は睨んだ。

「出た！　相変わらずだねえ、その優等生っぷり」

「それより、あなたみたいな人がなんでここにいるんですか？」

「あなたみたいな人、と来たか。随分なご挨拶だな」

「同類と思われたくありませんから」

永遠子は腰を浮かし、目に付いた部屋の奥の空席に移動した。鳴沢を振り返ると、肩を竦めただけで追っては来なかった。永遠子はパイプ椅子の背に身を預け、ほっと一息ついた。

もし当時の関係者が、永遠子と鳴沢が一緒にいるところなど目撃したら、驚くに違いない。五年前、医師としての鳴沢を葬ったのは、他でもない、永遠子だったのだから。

「どうして、このカルテを裁判所に提出しないのですか？」

「なんで？　君はこっち側の人間だろ？」

「医療にこっち側もどっち側もないでしょう！」

「今さら、こっちの痛手を大きくするような行動を取るな」

「逆じゃないですか？　ごまかしてうやむやにしようとするから、患者さんは納得が行かず、弁護士に相談してこんな訴訟にまで発展してしまうんです。誠実に、言葉を尽くして、オペ中に何が起こったのかをきちんと話し合うべきです」

「もう遅いんだよ！　ここで敗訴したら、元も子もないんだ！　それを提出したら、君もこの病院にはいられなくなるぞ」

「覚悟の上です。それでも、私は正しいと思うことを貫きます」


会議室の前の扉が開き、永遠子は我に返った。一斉に鳴り出すシャッター音、あちこちから光るフラッシュ。室内に入ってきたのは、聖カタリナ院長・瀧川、脳外科部長・大橋、そして、脳外科医・桧山冬実の三名だった。彼らが何を話すのか。永遠子は、ある期待を胸にその時を待った。

「本日は皆様にお集まりいただき、ありがとうございます。これから、本院に入院中の和泉官房長官の容態について説明させていただきます」

会場に集まった報道陣たちが、ざわめいた。事前情報で流れてきていたものと、方向性が違う。官房長官の容態は政治的には重要かもしれないが、聖カタリナの医療実績とは無関係と言ってよい。

と、永遠子のジャケットの中で、携帯電話が震え始めた。着信を確かめると、悠からだった。永遠子は出口から廊下に出ながら通話ボタンを押し、声を潜めながら尋ねた。

「もしもし、望月くん？」

「中原さん……今、どこにいますか？」

悠の声は、いつになく掠れていた。

「聖カタリナの会議室よ。院長や桧山先生が会見してるところ。望月くん、何かあったの？」

「さやかが……死んだんです……」

「……何ですって？」

もはや会見どころではない。永遠子は駆け出した。

永遠子が出ていったのを見計らったように、鳴沢は携帯電話を取り出した。

「大丈夫。爆弾は無事、仕込めた。俺はしばらく東京を離れる」

ある人物にメールを送った後、鳴沢は立ち上がり、記者たちの間を縫うようにして外に出た。もう、ここには用はない。


「——以上で、急変の措置については無事に完了しました。問題がなければ二週間ほどで退院できる予定です」

冬実は、記者たちに淡々とした口調で説明していた。が、心中では嵐が吹き荒れていた。

さやかの予後さえ良ければ、今頃は脳機能iPS細胞再生術の成功を発表しているはずだったのだ。しかし、結果的に、歳若い患者の命は、この手からすり抜けてしまった。冬実は、医師として過ごした人生の中で、最も大きな失意を味わっていた。

「では、本日の会見はこれで終了とさせていただきます」

隣で瀧川と大橋が立ち上がり、冬実も後に続いた。

「医療実績に関する重大発表とは、このことだったんですか？」

「他に、報道陣を集めた理由があるんじゃないですか？」

記者から質問の声が次々に上がったが、冬実は答えることなく会場を後にした。

＊

永遠子は、まっすぐに駆け出し、霊安室へと辿り着いた。その入り口に、誰かがうずくまっているのに気づく。

悠だ。

「望月くん！」

永遠子が声をかけると、悠はゆっくりと顔を上げた。

「中原さん……」

悠は、視線を室内に向けた。永遠子も、悠につられて目をやる。そこには、ストレッチャーと、静かに横たわるさやかの姿があった。

永遠子は、そっとストレッチャーに近づいた。そして、さやかの顔を覗き込んだ。今にも動き出しそうなほど、生気のある色をした頬。だがそれは、死化粧をほどこしたためであることを、永遠子はひと目で見てとった。

「…………」

永遠子は、押し黙ったまましっとさやかの遺体を見つめた。さやかにかけてやる言葉も、後ろで凍りついたようにうずくまる悠を慰める言葉も、永遠子には見つけられなかった。

「中原さん……」

永遠子の背後から、悠の低い声が聞こえる。

「なんでこんなことになっちゃったんですか？　さやか、昨日まで普通に喋っていたじゃないですか。手術の後だって、意識はしっかりしてたじゃないですか」

「………」

「あの先生が、嘘ついたんですか？」

「え？」

「桧山冬実」

悠は、掠れた声を絞り出した。

「あの人、さやかの手術は成功したって、そう言いましたよね？」

「……そうね。私も、昨日望月くんと一緒に、確かに聞いたわ」

「じゃあなんで、さやかが死ぬんですか？　なんで、死ななきゃいけないんですか？」

「…………」

「どこなんですか、あの人」

永遠子は、悠を振り返った。

「望月くん。私、調べてみるわ。これから桧山先生にも、詳しく事情を尋ねてみる。だから、ちょっとだけ、待っていて」

が、永遠子のなだめる声は、悠には届いていないようだった。悠は立ち上がりながら、怒りをこめた声できっぱりと言った。

「おれ、闘います」

永遠子は「えっ」と、目を見張った。

「おれ、さやかを殺した桧山冬実を告発します。この病院のことも告発します」

永遠子は、悠の勢いに気圧され、しばらく悠を見つめた。が、やがて、

「厳しいことを言うようだけど、あなたはいち高校生に過ぎない。そして、桧山先生は聖カタリナに守られている。いくらあなたが闘うと言っても、聖カタリナのような大きな組織にそのままの力で太刀打ちできるとは思えない。丸腰で巨大な戦闘機に向かっていくようなものよ」

「それでも、おれは闘います!!」

悠は声を上げ、永遠子の両肩をつかんだ。

「あの桧山って女は、さやかの手術の途中で抜け出した。あの時に、きっと何か悪いことが起きてたに違いないんだ。それをやつら、隠してるに違いないんだ!!」

「…………」

「昨日はうまくごまかされたけど、もう絶対に騙されない」

「…………」

「おれ、何でもやります！　どんなことだってやります！　危険なことだってやります！　だから中原さん、おれに協力してくれませんか？」

永遠子は戸惑いの色を見せ、瞳を揺らした。だが、悠は諦めなかった。

「おれ、一人じゃどう闘えばいいか、わかんないんです。中原さんなら、さやかの生前の病状も知ってるし、病院のこと、いろいろわかってるから。頼れるのは、中原さんだけなんです」

永遠子は、しばらく静かに考えていたが、やがて、口を開いた。

「そうね。伊東さやかさんは私の患者さんだもの。彼女のためにできることは、医療コーディネーターとして私はやらなきゃいけないわよね」

「中原さん！」

「私はまず、正確な事実を集めます。他の病院の先生方にも意見を聞いてみます。さやかさんの手術で使われた技術が適正だったかどうか、専門的な意見を集めて詳細に検証しましょう」

永遠子の語る具体的な策をひとつひとつ嚙み砕くように、悠は頷いた。

「それからさやかさんのご両親にも協力してもらって、聖カタリナ病院に積極的に情報開示を求めましょう。絶対に隠蔽なんて許してはならない」

「……そうですよね」

「そのうえで、医療ミスの可能性が高い場合は、ご両親と協力して、聖カタリナや桧山先生を訴えましょう」

「訴える……」

「そう。この先、さやかさんのような被害者を二度と出してはならない。私たちの働きかけで日本の医療が誠実なものになっていけば、さやかさんの命も報われると思うの」

そうだ。さやかの命だ。彼女の命を無駄にしてはいけないのだ。

「私も自分の職業のすべてを賭けて闘うわ」

永遠子は力強く宣言した。その直後、じっと永遠子の言葉を聞いていた悠の目から涙が零れ落ちるのが見えた。

第四章

1

十二月十三日。男は夜勤明けの七時過ぎ、行きつけの喫茶店で窓際の席に腰を下ろしていた。

そこへ、声をかけてくる者があった。

「ここ、いいですか？」

男は別段気にすることもなく答えた。

「どうぞ」

目の前に座ったのは、壮年の男だった。黒いキャップを外し、人差し指でくるくると回している。そして、男の前に置かれた皿を指した。

「うまいですよね、ここのサンドイッチ」

「え？　ええ」

そこで男は、相手の顔をしげしげと眺めた。どこかで見たことがある顔だったからだ。

「まさか……鳴沢先生ですか？」

目の前のキャップの男は苦笑した。

「先生はやめてくださいよ。もう、とっくの昔に先生なんかじゃないですから」

日本の脳外科医で、鳴沢の名を知らないものはいないだろう。彼が脳機能ｉＰＳ細胞再生術の元になった研究を論文で発表した日のことを、男ははっきりと覚えている。このように素晴らしい術式を生み出せたら、脳外科医としては本望だろう、と羨んだものだ。不祥事で医学界から姿を消していなければ、今頃は、日本の医学界を牽引するスター外科医だっただろうに――。

「本当に、あの鳴沢先生ですか……？」

男はまだ、信じることができずにいた。鳴沢はそんな男の胸中を読み取るように、名刺を差し出した。

『医師専門　転職コンサルタント　鳴沢恭一』

「……医者専門のヘッドハンター？」

「あなたのご活躍はよく知ってますよ。論文もいくつか目を通させてもらいましたから。術中脳機能マッピングについての論文は特に、読み応えがありましたね」

「……本当ですか？」

鳴沢に褒められる日が来るとは思っていなかった。もちろん、悪い気はしない。

「でもね」

と、鳴沢の口調は突然、がらりと変わった。

「もったいないですよね。あなたは聖カタリナにいる限り、大成できないんだから」

「！」

「あなたにはもっといい条件でのびのび働いてもらいたいと思いましてね。実は、良い話があるんですよ」

そう言うと、鳴沢は微笑んだ。

「実は、あなたを脳外科部長として引き抜きたいという話です」

「の、脳外科部長？」

思わず大きな声が出た。

「どこなんです、その病院は？」

「まあ、それを教える前に、聞いてくださいよ。ちょっとした交換条件があるんです」

鳴沢は、男に耳を貸すようジェスチャーした。男はおそるおそる、鳴沢に耳を寄せる。と、鳴沢は小声で、

「今、聖カタリナに和泉官房長官、入院してるでしょ。十二月十七日の午後六時くらいに彼の急変を引き起こして欲しいんですよね」

「えっ……!? そ、それって」

犯罪じゃないですか、という言葉を男は呑み込んだ。もしかして聞き間違いかもしれない。

「何も殺せって言ってるわけじゃないんです。彼の点滴に、ちょっと手を加えてくれるだけでいい。血栓溶解剤あたりが妥当じゃないですかね」

聞き間違いどころか、さらに具体的な指示を出してきている。

「あ、それから、同時刻に伊東さやかっていう女の子のオペをやるでしょ。その動画、終わったらすぐに消しといてください」

男は鳴沢の言葉を最後まで聞かずに立ち上がった。

「申し訳ないけど、私は犯罪に加担する気はありません。失礼します」

帰ろうとした男の背に、鳴沢は言った。

「東都国際中央ですよ。あなたを脳外科部長に迎えると言っているのは」

「！」

思わず男の足が止まった。東都国際中央は、聖カタリナよりも今や格上の大病院だ。その脳外科部長に自分が？　条件的には願ってもないことだ。

「しかし……それでも、患者の点滴に細工をするなんてことは――」

「男は、ここぞという時に勝負が必要なんです。私はその見極めを誤って、医師としての地位をなくしてしまった。あなたには、そんな思いをさせたくないんですよ」

「…………」

「ここだけの話、聖カタリナを買収する動きがあるんです。聖カタリナにスキャンダルを起こして、買収価格を下げたい。それだけだ。人が死ぬわけじゃない。ほんの一瞬、体調を崩してもらうだけだ。それだけで、あなたは桧山冬実を見返すことができる」

「！」

桧山冬実――なぜ、その名前が出るのか。なぜ、これほどまでに内情が知られているのか。男は怖くなった。男の手に、鳴沢は何かをねじ込んできた。

名刺だ。

「二十四時間で考えてください。良い返事をいただけること、期待してますから」

きっかり二十四時間が経過するまで、男は考えた。

考えた。

とにかく、考えた。

確かに、和泉官房長官の点滴に血栓溶解剤を加えれば、脳出血は起きるものの死までに至ることはない。素早く処置をすればいいだけのことだ。

これは、犯罪ではない。

そう……犯罪ではないのだ。

2

さやかが亡くなった十二月十八日から五日が経とうとしていた。

悠は、御茶ノ水駅近くのマンションを訪れていた。向かうは七階の『医療コーディネート株式会社』である。あの日から幾度となくくぐっている扉を、悠は今日もノックした。中から姿を見せたのは、永遠子だ。

「あっ、望月くん」

永遠子は、悠に向かって微笑み、分厚いファイルをかざしてみせた。

「中原さん、それ……」

「伊東さんの親御さんに見せる資料だよ」

部屋の奥でＰＣに向かっていた三宮が、悠に説明した。

「そう、だいぶ準備が整ってきたの。手術をわかりやすく噛み砕いて説明する資料も作れたし、他のドクターたちの見解もまとまってきたわ。あとはご両親にお会いする日程さえ決めれば、本格的に前に進み始めるわ。心配しないで」

と、永遠子も説明する。

「凄いですね。こんなに早く」

「病院って排他的な場所だけれど、私はいろいろと情報網を持ってるから。ほら、元看護師でしょ？　看護師っていうのは看護師同士、絆が強いの。医者の知らない病院のディープなところの話も聞けるしね。聖カタリナの関係者とも繋がりを作るから、安心して待っていて」

永遠子はそう言って立ち上がった。

「おれもついていっていいですか？」

悠は思いきって永遠子に切り出した。ただ待っているだけではなく、自分でも動きたいと思ったのだ。だが、永遠子はきっぱりと首を横に振った。

「ここは専門家の私に任せて」

「おれ、いろいろ専門的なことを聞くのは無理かもしれないけど……中原さんの傍についてるだけでいいんです。お願いします」

悠は、永遠子に頭を下げた。永遠子の反応は芳しくなかった。

「さやかさんと特に親しかったあなたが一緒だと、余計に相手を警戒させてしまうことになるわ」

「じゃあ、病院の外で待ってますから。中原さん、今から聖カタリナに行くんでしょ？　おれも連れてってくださいよ！」

悠はさらに食い下がるが、永遠子は「ごめんね」と鞄を手に取った。

「今日はこれから別の仕事なの」

「え……？」

「げ、もう四時？」

永遠子は慌ただしくデスクの上の書類をかき集め始めた。三宮が、キッチンから運んできたカップを悠に持たせ、手早く書類を選んでファイルに挟み、永遠子に手渡す。

「はいこれ。駅までダッシュしてください」

「助かった！ じゃあ望月くん、また連絡するわね」

室内履きから外出用のローファーに履き替える永遠子を、悠は呼び止めた。

「あ、そうだ。こんなこと、中原さんに聞くのも変かもしれないんですけど……」

「いいわよ、なんでも聞いて」

「さやかの携帯、知りませんか？」

「携帯？ どうして？」

「それが……おれ……あの後、さやかからの最後のメールを見てたんですよ」

「最後のメール？」

「〝わたしのあしがうごかなくなったらいや？〟って」

悠の言葉に、永遠子も三宮も表情を硬くした。

「おれ、そんなことないって返したんですけど、多分間に合ってなかったんですよ。そこから返事は戻ってこなかったし。辛かったんだろうな、とか、ちゃんと答えてやりたかったな、とか、そんなことをつらつら考えてたら、思い出したんです。確か手術の前に、さやかの携帯で一緒に写真撮ったよなって。すんげえ笑顔で」

「それで携帯か……」

悠は、三宮に頷いた。

「はい。おれ、どうしてもそれを見たくなったんです」

押し黙っていた永遠子が、口を開いた。

「……さやかさんの私物は、ご両親に引き取られてるはずよ」

「そう、おれもそう思って、お母さんに連絡してみたんです。でも、お母さんが病院から預かった荷物の中に携帯は入ってなかったって」

「え？」

悠の言葉に、永遠子は怪訝そうな表情をした。

「おかしいですよね？　おれ、病院にも聞いてみたんです。どっかに隠してるんじゃないかと思って。でも、うちにはありません、知りませんって言うばかりで。絶対変ですよね？」

悠から事情を聞いた永遠子は、

「わかった。桧山先生や、他の人たちに会えたら、尋ねてみるわ」

と、悠を慰めた。

「ありがとうございます」

永遠子は「じゃ、行ってきます」と、慌ただしく飛び出していった。

「話の途中なのに悪かったね。でも、仕事は仕事だからさ」

と、三宮は済まなそうに言った。

「あの人のスケジュール、患者訪問や、非常勤で入っている大学講師の仕事でぎっしりと埋まってるんだよ」

永遠子はその間を縫ってさやかの手術について調べる時間を捻出しているのだ。

「いえ……中原さんも三宮さんも、忙しいんですよね。なのに、おれ、自分のことしか考えてなくて……すみません」

「や、永遠子さんの忙しいのは、好きでやってるから気にするなよ。スケジュール帳が真っ黒になってないと不安になるんだってさ。ありゃ『ページ隙間神経症』だ、医者に診てもらったほうがいいかもな」

そう文句を言う三宮も、どこか楽しげだ。悠は、三宮から手渡されたカップに口をつけた。どこにでもあるティーバッグの紅茶だったが、温かいものが胃に入ると、少し、気持ちが落ち着いた。

「おれにできること……なんかないんですかね」

三宮はうーんと唸った。

「裁判になれば、君の証言が役に立つと思うよ。でも今は、永遠子さんを信じて待っててもらえないかな。ああ見えて、あの人一応いろいろ考えてると思うから」

「……そうですよね」

「テレビ番組でも取り上げてもらおうと思って、『サンデーリアル』っていう番組にも働きかけてるところなんだ」

「あ、日曜朝のワイドショーですよね」

「そうそう。さやかさんのお母さんがコメンテーターで出てるだろう。わりと感触は良さそうなんだよな。あと一押しってところだな」

永遠子や三宮に任せておけば間違いなさそうだ、と悠は思った。自分でも何か動きたいところではあるけれど、今のところは待つしかなさそうだ——この紅茶を飲み終わったら今日は帰ろう。そう、悠が思った時だった。ドアがノックされ、管理人らしき男性が顔を覗かせた。

「すみませーん。消防設備の点検の件で、七階の皆さんに立ち会いいただきたいんですが」

三宮は、

「ちょっと待ってて。すぐ戻るから」

と、悠を残して部屋を出ていった。部屋が、しん、と静かになった。ひとりきりでこの部屋にいるのは初めてだった。

ふと、思いついたことがあった。

そっと永遠子のデスクに近づき、大量のファイル・フォルダに手を伸ばす。目的のものはすぐに見つかった。

『聖カタリナ関連資料』

開く。

伊東さやかについての聞き込み資料がぎっしりと詰まっていた。扉のほうに目を移す。三宮が戻ってくる気配はない。

「…………」

悠は携帯電話を取り出し、カメラ機能をオンにした。


翌朝。午前六時。悠は、聖カタリナ総合病院の門の前に、真っ白のクロスバイクを停めた。

永遠子の事務所で見つけた『聖カタリナ関連資料』の中に、さやかの手術に関わった医療関係者たちが顔写真付きでリストアップされたものがあった。その情報を、悠は一晩で暗記した。やはり、自分でも直接関係者に尋ねてみたいという気持ちが捨てられなかったのだ。夕方ではなく朝の出勤時間を狙ったのは、永遠子とかち合う可能性を少しでも減らすためだ。高校は既に冬休みに入っているため、時間もたっぷり使える。悠は、早朝に出かける息子を不審がる両親に「冬期講習があるから」と嘘をつき、家を出てきていた。

朝の六時では、病院に出入りする人もまだまばらだ。壁にもたれ、空を見上げる。冬至を過ぎ、この時間でも太陽がビルの隙間に浮かんでいるのがはっきりと見える。十二月も終わりに近付くにつれて、明け方の外気は少しずつ肌を刺すような冷たさに変化している。悠は随分久しぶりに、空を見たような気がした。今日はクリスマスイブだが、悠の下にサンタクロースが舞い降りてくることはない。もしもプレゼントをもらえるならば、真っ先に願うのに。さやかの命を返して欲しい、と。他には何もいらない、と――。

目の前を人影がよぎったのに気づき、悠ははっとして振り返った。門をくぐっていったのは、小柄で細身の女性だった。

「あの、すみません」

声をかける。女性が振り返る。リストに載っていた『看護師　正木恵』の顔写真と、よく似ている。

「あの……看護師の正木さんですか？」

悠が尋ねると、女性は、怪訝そうに「どなたですか？」と返した。間違いない。彼女が、正木恵だ。

「実は、伊東さやかの手術について、お話を聞かせて欲しくて」

思いきって切り出した。恵は、悠をじっと見つめ、きゅっと眉を顰めた。

「あなた、誰？」

「彼女の、同級生です」

「もしかして、あの、医療コーディネーターの女の人に頼まれたの？」

「え」

「やるわね、あの人。高校生まで使って情報を探ってくるなんて」

恵の言い草に、悠はむっとした。

「逆です。おれが中原さんに頼んだんです。友人として、彼女がなんで死んでしまったのかきちんと知りたいと思うことって、そんなにいけないことですか？」

そう、悠は言い返した。

「……手術には、特に問題はありませんでしたよ」

恵はきっぱり答えると、身を翻してロビーへ入ろうとする。悠は慌てて、

「待ってください」

と食い下がった。

「どんな小さなことでもいいんです。何か気づいたこと、ありませんでしたか？」

「何も」

恵はあっさり答えた。

「でも――」

「いい？　そもそも、海綿状血管腫の手術というのはとても難しくて、リスクを伴うもの。ご本人にも、ご家族にも、そのリスクは充分に説明されているはずよ。今回のことは気の毒だとは思うけど、それが今の医療の限界なの」

悠には、専門的なことはわからなかった。何か言い返したかったが、うまく言葉が出てこなかった。その間にさっさと恵は立ち去ってしまった。これが素人の限界かと思うと、悠は悔しかった。

次に話を聞けたのは、麻酔科医の中村真彦だった。彼も、朝早くに出勤してきた。

「さやかが麻酔で拒絶反応を起こした可能性ってあるんですか？」

不躾な質問だったが、中村は穏やかに答えてくれた。

「その可能性はないよ。術中の麻酔に問題があれば、その場で異常な反応が現れる。実際、伊東さんは術中の容態は安定していたし、術後、無事に目を覚ましてはっきりと意識を取り戻したところまで僕は確認した。麻酔に関しては、問題は何もなかった」

柔らかい口調ではあるが、きっぱりと、中村は断定した。悠もさやかの意識が戻ったところは自分の目で見ている。中村の言葉は疑わなくてよいのではないかと悠は思った。

オペ室にいた当事者で話を聞いていないのは、第一助手の日比野信吾と、執刀医の桧山冬実だが、二人はいつまで経っても現れなかった。そうこうしているうち、聖カタリナには患者たちの姿も増え始め、診察開始時間の九時が近づいてきた。

もしかして、夜勤で既に病院の中にいるのかもしれない。

悠は、思いきって脳外科外来へ足を運んでみることにした。だめでもともとだ。

脳外科外来の前では、既に大勢の患者たちが診察待ちをしていた。ちょうど、初めて聖カタリナを訪れたさやかと悠のように。

「あれ、君。確か――」

背後からの声に、悠は振り向いた。

「伊東さやかさんに付き添ってた子だよね」

医師がひとり、立っていた。脳外科の……確か、真田先生といった。

「はい。桧山先生か日比野先生に会いたいんですけど」

そう悠が頼むと、真田は「ああ」と頷いた後、

「日比野は、もうここにはいないよ」

と告げた。

「え？　いない？」

「うん。別の病院に行ったんだ」

「え、じゃあ、その病院教えてください！」

「いいけど……野津江総合病院ってところだよ」

悠は携帯電話を取り出し、メモ代わりに『ノヅエ総合病院』と打った。

――他の病院に移るってどういうことだろう。中原さんに聞いたら、何かわかるのかな。

真田は「院内ではケータイの電源、切っときなさい」と悠をたしなめ、そして、

「そんなの調べてどうするの？」

と尋ねてきた。

「ちょっと聞きたいことがあって。あと、桧山先生はどこですか？」

「桧山先生は、オペが二件入っているし、今日は夜の九時過ぎまで予定はびっしりだと思うよ。外来は五時で閉まるから、今日は会えないよ」

「……じゃあ、出直します」

悠は頭を下げて帰りかけたが、ふと振り向き、真田を呼び止めた。

「真田先生。先生は、伊東さやかの手術には関わってないんですよね？」

悠の問いかけに、真田は、

「ああ。今回はこれだったから」

と、包帯の巻かれた右手を見せた。

「お大事に」

と言い残し、悠はその場を立ち去った。

3

冬実は、夜の駒沢通りを自転車で飛ばしていた。今日のオペも、ハードなものだった。一件目が脳動静脈奇形。二件目は脳内血腫と髄膜腫の複合型。ともに五時間の手術。冬実は火照った顔を、夜風で冷ましたかった。さやかの死が、頭から離れない。次のオペ、さらに次のオペと、ハードな時間が続いても、心の奥底では、さやかの死が、ずっと濃い影を落としていた。

赤信号で停まり、凝り固まった首をほぐすように動かす。と、背後に人の気配を感じた。その気配は、するりと冬実の真横に移動してきた。

「桧山冬実先生」

見覚えのある少年だった。伊東さやかにずっと寄り添っていた、望月悠だ。白いクロスバイクを降り、冬実の自転車の後部荷台を軽くつかんでいた。

「桧山先生。さやかの手術のこと、聞かせてくれませんか」

信号が、青に変わる。

「話してあげなければいけないことはひとつもないわ」

それだけ言い残し、冬実は自転車を走らせた。冬実としても、さやかの死の経緯を詳しく知りたい気持ちはいまだに持っている。だが、さやかの遺体は解剖できないまま遺族に引き取られ、荼毘《だび》に付された。オペの映像は忽然と消えてしまった。もう、あのオペを客観的に示すものは何も残っていない。真相など知りようがないのだ。

冬実の内心とは裏腹に、背後の車輪の音は、いまだにぴったりとついてきている。

駒沢通りを折れ、代官山駅への路地を走り――そうこうしているうちに二人は、冬実の住むクラッシィ代官山に到着してしまった。

「なんで、追いかけてくるのよ……」

「だって、どうしても話が聞きたいから……」

悠はひとしきり呼吸を整え、

「あの手術、本当に問題がなかったんですか？　桧山先生」

と、もう一度、冬実に問い質してきた。

冬実は、悠と正面から向き合った。この子は、小手先の答えでは納得しそうにない、と判断したからだ。

「私もきちんと検証したいのはやまやまなの。でも、伊東さんの親御さんは、解剖を断ったでしょう。それに、手術を記録したデータも、消えてしまった」

冬実の告白に、悠は「え？」と、驚きを隠せない様子だった。

「なんで、消えたんですか？」

「わからない。一番、知りたいのは私よ」

冬実は強い口調で続けた。

「とにかく、手術の細かな点をもう一度確かめる方法がもうないの。手詰まりなの」

冬実の口調には、知らず知らずのうちに悔しさが滲んだ。悠は少しの間、考えを巡らせていたが、

「じゃあなんで、桧山先生は、さやかの手術の途中で出ていったりしたんですか？」

と、ぽつりと尋ねた。

「途中ではないわ、後は縫合を残すだけだった。事実上、手術は無事に終わっていたの。そして、和泉官房長官が急変して緊急手術が必要で、そっちを執刀できるのは、私しかいなかったのよ」

と答えながら、冬実は「待てよ」と引っかかった。

——そもそも、その和泉官房長官の急変だって、どこか不自然だったじゃないか。

軽度のくも膜下出血で、適切な血管内治療を行っていたものが、突然大破裂を起こ

すなんて、通常ではあり得ないのだ。

官房長官の急変、伊東さやかの謎の急死、そして、記録映像の消失。この三つは関連しているのか。誰かの強い悪意が絡んでるのか。その悪意のターゲットが、もしかして、この私だとしたら――。

冬実は背筋にぞくりとしたものを感じた。

「あの、桧山先生？」と不思議そうに首を傾げる悠の肩を、冬実はつかんだ。

「少し、確かめたいことがある。あなたともきちんと情報を共有するようにするから、ちょっと時間をもらえないかな」

冬実の勢いに気圧されるように、悠は「……はい」と頷いた。悠の目は、どこか心細げに揺らいでいた。目の前の人物が敵なのか、それとも味方なのか、どちらかを量りかねているようだった。

翌日、出勤した冬実は真っ先に脳外科病棟のカルテ保管室に入った。もう一度、和泉官房長官の病状の変化を詳しく確かめるためだ。

冬実は、赤色のフォルダを調べる。赤色は、『VIP患者』の意味で、特に慎重な取り扱いが要求されている。そのフォルダの中から、冬実は和泉のカルテを見つけ出し、開いた。

『十二月十七日、午後六時五分、意識混濁が起こる。緊急検査の結果、動脈瘤からの再出血の兆候あり。緊急オペ必要』

冬実は、静かにカルテを閉じた。やはり、腑に落ちなかった。血管内治療で投与していた薬剤の働きが悪かったのか、それとも、別の要因があったのだろうか。そして、急変が起こった時刻が伊東さやかの手術中であったのは、ただの偶然なのだろうか。

和泉官房長官の主治医は、大橋である。冬実は、診察の合間を縫って、大橋に尋ねた。

「大橋先生、十二月十七日に和泉官房長官が急変した時のこと、詳しくお聞かせいただけますか」

大橋は渋い表情になった。

「どうだったかな……そうだ、確か、朝から千葉の行徳脳外科センターに出張だったはずだ。帰ってきたのは午後三時を回った頃だったか。そこから来月の学会の準備に追われて、気がついたら容態が急変したと看護師たちが大騒ぎしていた。その後は、対応に追われて細かいことは覚えていない」

「では、大橋先生はその日、彼の病室へは足を運んでいないんですか？」

「朝の回診の時だけだな。その時は、さしたる異状は見られなかったが」

そして、「なぜ急変したんだろうな。どうも解せない」と付け加えた。

「大橋先生もそう思われますか？」

「ただな、桧山先生」

「はい」

「官房長官は順調に回復しつつある。なら、それでいいんじゃないか。あまりこちらの傷口を広げるような真似は控えてくれ」

大橋はそう冬実を牽制し、そのまま診察室に入っていった。


次に冬実は、脳外科病棟へと向かった。そして、看護師たちに、官房長官について変わったことはなかったか、尋ねて回った。

「あの……」

病棟看護師の一人が手を挙げた。若手の鉢塚《はちづか》亜由美《あゆみ》だ。

「そういえば、私が特別個室の前を通りかかった時、誰かが病室の中から出てきました。回診の時間じゃなかったんで、ちょっと不思議に思って」

「それは誰？」

「後ろ姿しか見えなかったんですけど、男性のドクターだと思います。白衣を着ていて、短髪でした」

男性のドクター……。

「それは何時頃のこと？」

「午後三時くらいだったと思います」

その時刻、大橋は出張で不在。日比野はさやかのオペに入っていた。脳外科の医師だとすると——真田だろうか。


次に、冬実は医局で書類整理をしていた真田に話を聞きに行った。

「ああ。大橋先生から、たまに様子を見に行くよう言われてたからな。三時過ぎに一度、点滴の残りを確認しに行った。なんでそんなこと聞くんだ？」

真田の答えは、ごく自然なものだった。それ以上、冬実は質問を続けることができなかった。

4

中原永遠子は、早朝の五時にＪＲの御茶ノ水駅の改札をくぐっていた。本当はもう少し早く着きたかったのだが、始発の電車に乗ってもこの時間が限界だ。会社に泊まり込みのほうが効率はいいが、それも毎日続いては身体を壊してしまう。多少無理をしてでも、何日かに一回は家に戻り、ゆっくりと布団に入ることで身体のメンテナンスを図ろうとしていた。

事務所に着いたらすぐにやるべき仕事を、心の中でリストアップする。

まずは、非常勤講師を務めている私立大学での講義の準備。それから連載している医学雑誌の記事の締め切り。後、もちろん、聖カタリナの件も進めていかないと……考えながら歩いていた永遠子は、はっと足を止めた。いつのまにか、事務所の建物を五十メートルほど過ぎてしまっていた。まあ、いい。朝食用のサンドイッチは、いつもの『セブンイレブン』で玉子サンドを買うのではなく、目の前にあるこのコンビニで買おう。

初めて入るコンビニ『Mスタート』の自動ドアを入り、一番安い玉子サンドと紅茶を手に取り、レジに行く。そして、レジ打ちの男の顔を見た瞬間、永遠子は「ぎゃっ」と叫んだ。

「な、な、なんで？」

「永遠子さんこそ！　なんでここに？」

叫んだのは、相手も同じだった。立っていたのは、『Mスタート』の制服を着た三宮だ。

「駅から会社に着く前に、『ローソン』だって『セブンイレブン』だってあるでしょう？　どうしてこの店に来るんですか」

「通り過ぎちゃったのよ！」

「くっそ、永遠子さんが来ないと思ってわざわざこの店にしたのに……」

三宮はブツブツと独り言を言いながら商品をレジに通し、

「三百三十八円です」

と、ぶっきらぼうに告げた。永遠子は千円札を差し出しながら、疑わしげに三宮を見つめた。

「まさか……うちの給料だけじゃ、生活できないの？」

「別に、そういう訳じゃないですけど……」

釣り銭を差し出しながら、三宮は語尾を濁した。永遠子は三宮に毎月払っている給料の少なさを思い浮かべ、溜息をついた。三宮が、事務所での通常業務とは別にコンビニの夜勤まで入れていたとは、今の今まで気づいていなかった。

「そっか。そうだよね。ごめんね。私、経営者として本当、不甲斐ない。いくら増やせばいい？」

と切り出した永遠子に、三宮は冷たく言い放った。

「増やせる訳ないでしょ。今の状態で、俺の給料なんてどこから捻出するんですか。そんなの、会計やってる俺が一番よく知ってますよ」

「……そうでした」

永遠子はがっくりと肩を落とした。

「へぇえ。三ちゃんの会社の社長さん？」

奥から制服を着たもう一人の男性が現れた。

「店長」

「ついにばれちゃったね。次の契約更新はどうする？」

「……お願いします」

永遠子は、思わず三宮と同時に頭を下げてしまった。三宮の呆れきった視線を感じながら、永遠子はそっと外に出ようとした。その時ふと、入り口脇の週刊誌コーナーの一番手前に置かれた『週刊未来』の表紙が永遠子の目に留まった。

〈現代医学の光と闇！　大病院の現役医師が、衝撃のスキャンダル告白！〉

センセーショナルな見出しで、しかも医学系の記事だ。内容が気になった。永遠子は、思わず手に取りページをめくった。

〈現役の医師Aによる、内部告発。脳神経外科では随一と言われるS病院の伝統と栄光の陰で、十六歳の少女が開発中の治療法の実験台になった疑い。術中、執刀医Hが手術台を離れた不自然な空白の十三分間。少女の手術よりも官房長官の治療を優先させた倫理上の問題。執刀医Hの責任は？――〉

――S病院の執刀医H……聖カタリナの桧山冬実のことだ！

永遠子は『週刊未来』を手に取り、三宮に向かって叫んだ。

「三宮くん、これ見て！　聖カタリナの内部告発よ!!」

＊

店長にバイトを早めに上がらせてもらった三宮は、事務所で永遠子とともに問題の記事を広げた。永遠子は食い入るように記事を読んだ。

「これ……告発した医師Aって誰なんだろう。内部の人間よね」

「さあ。でも、『執刀医が持ち場を離れたのが午後七時二十三分、手術の終了が午後七時三十六分』って、望月くんの証言ともバッチリ合ってるし、確かな情報ですよ」

「そうよね……でもなんで、私たちの援護射撃みたいなことするんだろう。誰が、何のために？」

「それはわからないけど……とにかく、この追い風を利用しない手はないですよ。伊東さやかさんのお母さんが出演している『サンデーリアル』だって、この記事があれば番組で取り上げてくれるかもしれない。そうしたら聖カタリナも正確な情報を出さざるを得なくなる。テレビの力はなんだかんだ言っても強いですからね」

永遠子はしばらく考えていたが、やがて口を開いた。

「さやかさんのご両親……大丈夫かな、こんな記事が出て。親の立場から言うと辛いわよね」

「え。そっちですか」

「一刻も早く親御さんに会わなきゃ。三宮くん、りえ子さんへのアポの件はどうなってる？　もう一度催促してよ」

「それが、今週は収録が詰まってるみたいで。りえ子さんの受け持つ特集ルポが始まるらしいんですよね」

「……わかった。私、直接スタジオに行ってりえ子さんに会うわ」

永遠子はあたふたと荷物をまとめると、慌ただしく部屋を出ていった。

あれ？

三宮は、デスクの上に『週刊未来』が置きっぱなしになっているのに気がついた。

「何だよ、肝心なものを忘れてるじゃないか」

三宮はブツブツと文句を言いながら、急ぎ足で事務所を出た。永遠子はせっかちな性格で、歩くのがとても速い。ＪＲの駅の手前で捕まえるには自分は走るしかない。

が、マンションのエントランスを出てすぐ、永遠子が通りの真ん中で立ち止まっているのが見えた。

「？」

永遠子は泣いていた。

ぽたぽたと、大粒の涙を、公道のアスファルトの上に落としていた。

三宮は、その永遠子の姿に驚き、声も出せずにただ見つめていた。が、彼の気配に気がついたのか、彼女の方が振り返ってきた。

「あー、三宮くん。まいっちゃった。外出た瞬間に、目に大きなゴミが入っちゃって」

「は？　ゴミですか？」

「そう。痛い痛い。泣いたら流れてくれたみたいだけど」

「…………」

「ところで、どうしたの？」

「どうしたの、じゃないですよ。忘れ物ですよ」

「わお。これ忘れたらだめじゃん、私」

永遠子は三宮からおどけた仕草で雑誌を受け取ると、「じゃ」と言って、そのまま何事もなかったかのように駅の方へと歩いていった。

――本当にゴミが目に入ったのかな。

三宮はしばらく永遠子の背中を見送っていたが、やがて、自分の業務に戻るために踵《きびす》を返した。彼女が、過酷なストレスと闘っていることは、とっくの昔から知っている。時には泣きたいことだってあるだろう。願わくば――ひとりで抱えきれなくなるほど追い詰められた時は――その時は、自分を頼って欲しいと三宮は思った。

＊

それから二時間後。汐留《しおどめ》の真ん中に位置するガラス張りの高層ビルに、一台の車が乗り込んできた。最近発売されたばかりのワゴンで、後部座席にはスモークが貼られている。いかにも、芸能人が乗っているといった風情の作りだ。

乗っているのは、伊東りえ子である。りえ子が毎週コメンテーターを務めている『サンデーリアル』の特集コーナーの収録のため、平成テレビを訪れたのである。りえ子は、スモーク越しに駐車場を覆うコンクリートの壁をじっと見つめていた。今日は十二月二十五日。娘のさやかが亡くなってから六日が過ぎた。が、りえ子にはまだ、実感がない。まだ、生きているんじゃないか。あの病院のどこかの部屋で、眠っているだけなんじゃないか。そんなことを考えたりする。血を分けた母親だというのに、娘の死に対してこんなふわふわした感覚しか持てないのは、やはり手術に立ち会わなかったせいだろうか。

マネージャーの井手謙介は車を停車位置につけながら、バックミラー越しにりえ子を覗いた。

「りえ子さん、発言にはくれぐれも気をつけてくださいね」

「……どういう意味？」

「ほら、そんな風にすぐにとげのある声を出すでしょう。僕はりえ子さんの事情を知ってるから、今はしょうがないかなと思いますけど、視聴者はそんなの知らないんですから。くれぐれも好感度を下げないように、お願いしますね」

感情的になんてなっていないのに、と、りえ子は心の中で反論した。それどころか、さやかが亡くなってから一度も心から泣いていない。葬儀の時すら、気になっていたのは自分のカメラ映りだ。ひょっとして、自分は根本的に何かが欠落した人間なのかもしれない——。

「りえ子さん、何ぼうっとしてるんですか！　降りてください！」

井手にせかされ、りえ子はゆっくりと車を降りた。

「別所《べっしょ》プロデューサーは時間に厳しいんですから。遅れたらまた機嫌悪くしますよ」

「わかってるわよ」

井手に急かされながらロビーに足を踏み入れたりえ子は、ソファに見覚えのある女性が座っているのに気づいた。医療コーディネーターの中原永遠子だ。さやかが聖カタリナに入院していた時、何度も付き添いの代理を頼んだり、さやかのメンタル面を任せたりして世話になった女性だ。

永遠子はりえ子と目が合うと、さっと立ち上がった。

「伊東さん、井手さん。おはようございます」

長い髪を揺らして一礼する永遠子を見ながら、りえ子は、いったい何の用だろうと不思議に思った。もう、さやかは死んでしまった。その事実は変えられない。ここ一週間、永遠子のほうから「りえ子さんに会わせて欲しい」と何度か連絡があったのは知っていたが、今さら会って何の意味があるのか、りえ子にはわからなかった。面倒なことは嫌いだ。

「中原さん、申し訳ないんですが、りえ子さんは今すぐスタジオ入りで……」

井手の言葉を遮るように、

「こんな記事が出たんですが、ご存知ですか？」

　永遠子は一冊の雑誌を取り出し、さやかの手術についての記事の部分を開いてみせた。

〈現代医学の光と闇！　大病院の現役医師が、衝撃のスキャンダル告白！〉


「これって……」

　りえ子も、井手も、記事を凝視した。

「これは内部告発だと思うんです。さやかさんの手術よりも、官房長官の処置を優先させたというのは本当だったんです。患者に優先順位をつけるこの聖カタリナの体質を許していいんでしょうか」

「……………」

「りえ子さんも、お辛いでしょう。もし、りえ子さんが聖カタリナに対して何か行動に出られるならば、微力ですが私もお力にならせてください」

「……………」

　と、背後から、男が声をかけてきた。

「こんなところで何をしてるんですか？」

『サンデーリアル』プロデューサーの別所大介《だいすけ》だ。

「プロデューサーの方ですか？　突然ですが、これ、見ていただけますか？」

と、永遠子が素早く『週刊未来』の記事を差し出した。

「この記事をお読みになりましたか？　『サンデーリアル』さんのような硬派な番組でこそ、取り上げていただきたいんですが」

永遠子の訴えを聞きながら、別所は記事を読む。その様子を、りえ子はじっと見つめた。一番の当事者であるはずの自分が、なぜか一番遠いところにいるような感覚に苛《さい》まれながら。

別所が顔を上げる。

「こう言うと言い方が悪いですが、非常に興味深い記事ですね。番組で取り上げてみましょうか。もし伊東先生がオッケーならば、の話ですが」

別所、永遠子、そして井手の視線が一斉にりえ子に集まる。

「…………」

「それは大病院に娘を殺された悲劇の母、というスタンスでやるということですよね」

そう井手が口を挟む。

「りえ子さん、やったほうがいいんじゃないですか？」

「……そうかしら」

井手を下品な男だと思いつつ、りえ子は曖昧に頷いた。

＊

平成テレビ、第二スタジオ。

日曜午前十時からの情報番組『サンデーリアル』の放送がまさに、進行しているところである。

永遠子はカメラマンの後ろから、スタジオ中央に設けられたセットをじっと見つめていた。セットには、著名な司会者である境完太《さかいかんた》と、りえ子をはじめとするコメンテーターたちがずらりと並んで腰掛けている。ＡＤたちが、境の後ろに週刊誌の記事を貼り付けた大きなボードを運んできた。

「ＣＭ明け五秒前。四、三、二――」

ディレクターのキューとともに、ジングルが流される。

境が、軽妙なトーンで語り始める。

「十二月二十五日、今年最後のサンデーリアルです。まずは週刊誌キャッチアップのコーナーです。『週刊未来』のこの記事から」

境は、件《くだん》の記事を指示棒で差す。プロデューサー別所の判断で、今日のトップにこの記事を持ってきたのだ。永遠子は、別所の判断をありがたく思った。

「実は、この記事に書かれている十六歳の患者というのが、この番組でコメンテーターを務めておられます、伊東りえ子さんのお嬢さんだということなのですが」

境に話を振られたりえ子は、頷いた。

「皆さんにはご報告が遅くなりました。週刊誌で報道されたとおり、娘は、十二月十八日に聖カタリナ病院で亡くなりました」

りえ子はしばらく間合いを取った。永遠子は、カメラの後ろから固唾を呑んで見守っている。りえ子は再び話し始めた。

「娘は、一ヵ月前から原因不明の頭痛に悩まされていました。いろいろ考えた末、脳外科で名の知れた聖カタリナ総合病院で受診させることにしたのです。しかし、よく実態がわからないまま、まだ確立されていない治療法を選ぶように誘導されました。手術の際の細かな点についても、納得できないことが多々あります。娘のために、娘の死の原因を知ることが、残された私の務めです。どれが真実で、どれが嘘なのか。

私は、納得行く説明が欲しいんです」

りえ子は、目から一粒の涙をこぼした。それは、美しい軌道を描き、顎へと伝っていった。

「あれ、なんでだろ。すみません」

静まり返ったスタジオの中央で、りえ子は必死に涙を堪えようとしていた。そこへ司会者の境が「これはインシデント——医療事故だった可能性もあるのではないでしょうか」とたたみかける。その時、モニターの前にいる永遠子の横に、別所がすっと立った。そして、誰に話すともない口調で、

「子供が死ぬってのは、辛いものですよね」

と言った。

「そうですね。私も、子供の患者さんのご家族と接している時が、一番辛いです」

「実は、ぼくの長男も、一歳の誕生日の直前に、何の前ぶれもなく急に顔が青白くなっていってね。そのまま、どんどん脈も呼吸も弱まって、ついには心臓が止まってしまった」

「え……」

「乳幼児突然死症候群——そんな病気があることすら、知らなかったんですよね。病

院に聞いても、原因はわかりません、稀だけれども誰にでも起こりうる病気なんですと説明されるばかりで、ちっとも納得できるもんじゃなかった」

「…………」

「あの時、ぼくもあなたみたいな職業の人と出会っていれば、また違ったのかもしれないな」

別所は、ポーカーフェイスを崩さないまま言った。それから、永遠子と別所は、りえ子のほうへと視線を戻した。

5

十二月二十六日。冬実はいつもどおり出勤していた。年の瀬も押し迫り、慌ただしい雰囲気が日増しに強くなる頃だが、病院に正月休みは関係ない。

自転車で出勤してきた冬実は、聖カタリナの門の前にたむろする男たちに気づき、ペダルを漕ぐ足を止めた。ラフな服装でカメラやマイクを持つ男たちは、ひと目で報道関係者だとわかった。男の一人が冬実に気づき、近づいてきた。

「桧山冬実先生ですよね？」

「……そうですが」

「お若い方なんですね。驚きました」

男の物言いにどこか棘のようなものを感じ、冬実は眉を顰めた。

「どなたですか？　勤務時間前で急いでいるんですが」

「あ、これは失礼しました」

と、男は名刺を差し出した。

「私、『サンデーリアル』のプロデューサーをしております、別所と申します。ぜひ桧山先生に、番組に出演していただけないかと思い、お邪魔したのですが」

冬実は身構えた。発売されたばかりの『週刊未来』の記事については、院内でも大きな噂になっている。冬実としては、自分の処置にやましい点はないとはっきりと申し開きをしたいのだが、病院全体に緘口令《かんこうれい》が敷かれている今、彼らを相手にする訳にはいかない。

「お断り致します」

冬実はそう言い残し、再び自転車のペダルを踏んだ。

「逃げるんですか？」

「は？」

「先生は優秀な外科医であるのみならず、決してこそこそ逃げたりしない気骨をお持ちだと伺ってきたんですが。それは間違った情報ですか？」

「…………」

挑発に乗ってしまいたい気持ちを冬実はぐっと堪えた。別所に抗議の一瞥をくれ、再び自転車を漕いだ。


自転車を停め、院内に入った冬実は、医局には向かわずに院長室に直行した。

「もう、こんな思いをするのはうんざりです！　一度、公の場できちんとした会見をさせていただけませんか？　今は一社だけで済んでますが、万が一、報道陣が増えでもしたら業務に支障が出ます」

院長室のデスクに乗り出して訴える冬実に、瀧川は愛想笑いを返した。

「まあ、ここは知らぬ存ぜぬで通してくれよ」

「それでは、まるで逃げているみたいです。私は、真っ当な治療を行いました。伊東さんやご家族にも、事前に治療内容についてきちんとご説明しています。治療に関して恥じるところは何もありません。そのことを言いたいんです、堂々と」

「桧山くん、落ち着いて」

と、瀧川は冬実の肩を叩いてなだめた。

「君が優秀で、最善を尽くしたことはよく知っているよ。ただ、今は一刻も早く事態を収拾させることが大事だ。何をすべきか、私たち経営陣がちゃんと考える」

「…………」

「今日はもう帰りなさい」

「えっ？　しかし、十一時からオペが入っていますし……」

「ああ、あれね。あのオペの患者から、医師を替えてもらえないかという連絡があってね。千葉国立医大の水原《みずはら》教授に執刀してもらうことにした」

「何ですって？」

と、冬実は声を上げた。

「どうしてわざわざよその医者が出てくるんですか？　納得できません」

冬実は抗議したが、瀧川は首を横に振った。

「大橋くんにはできない種類のオペだし、真田くんはまだ右手の怪我が治っていない。それで桧山くんがだめだと言うなら、外部に頼らざるを得ない。仕方ないだろう、患者には逆らえないんだから」

「……わかりました。では、今日は出勤した意味がなかったということですね。有休扱いで結構ですので。失礼します」

冬実が怒りに任せて閉めた扉の音を聞きながら、瀧川は頰から作り笑いを消した。

——とんでもないことになってしまったもんだ。

瀧川は、傍らのリモコンのスイッチを入れた。天井に巻き上げられていたスクリーンが下りる。プロジェクタをセットし、スタートボタンを押すと、映像が流れ始めた。前日に放送された『サンデーリアル』の録画映像だ。

「週刊誌で報道されたとおり、娘は、十二月十八日に聖カタリナ病院で亡くなりました」

「これはインシデント——医療事故だった可能性もあるのではないでしょうか」

画面に映る伊東さやかの母親と境完太の言葉を、瀧川は苦虫を嚙み潰したような表情で聞いた。

『週刊未来』に手術の顚末を告発した『医師A』。その証言内容から、内部の人間であることは確実だった。

『医師A』とはいったい、誰なのだろうか。

瀧川は、伊東さやかの手術に関わった人物の顔を一人一人思い浮かべる。

執刀医、桧山冬実。

第一助手、日比野信吾。

麻酔科医、中村真彦。

手術室勤務看護師、正木恵。

薬剤師、森田篤志。

さやかのオペや治療について詳しく知り得る人物は、この五人だ。それに加え、オペには参加していなかったが脳外科部長の大橋も、治療方針の決定には関与している。

——この六人の中に、医師Aがいるに違いない。

医師ということなので、ひとまず恵と森田は外す。もちろん、告発者があえて医師だと嘘をついていることも考えられるのだが、脳外科医にしか知り得ない専門的な要素も語られていたので、オペ看の恵や薬剤師の森田は可能性としては低いだろう。

第一助手の日比野は、あのオペ後にすぐ移籍したことから、動きとしては不自然だと噂されている。しかし、彼の退職があのオペに重なったのは、まったくの偶然だ。一ヵ月前から、瀧川の下には退職願が出されていたのだから。

しかし、瀧川は、次に日比野がどこに行くのかは知らされておらず、てっきり実家の脳外科クリニックを継ぐのだと考えていた。野津江総合病院に移ることは、日比野の退職直前になって向こうの病院関係者から知らされたのだ。そこが少々、引っかかる。

麻酔科医の中村はどうだろうか。前々から冬実のオペに入った際には厳しく叱責されているところが目撃されているので、冬実を恨んでいる可能性もある。ただ、本人は特にこだわっていないように思える。大人しい性格で、他人に楯突いたことがない中村が、わざわざ冬実を陥れるためだけに危険を冒すとは思えない。

最後に、大橋。手術の腕が冬実に劣っていることを苦々しく思っているのは、間違いない。ただ、彼は政治力で脳外科部長まで登りつめた男だ。自分が率いる科の評判を落とすことを、わざわざするだろうか——。

瀧川は、天を仰いだ。誰もが怪しく思えるが、誰もが決め手に欠ける。いったい、『医師A』とは誰なのだろうか。

瀧川の思考を遮るように、電話が鳴った。電話の主は、東都国際中央病院の蓮井だ。またか。用件は聞かずとも、わかっている。

「瀧川さん、いろいろと大変ですな。このあたりで、ご決断されてはいかがですか」

「…………」

「今、売却を決めていただけるなら、二百億円。瀧川さんの院長の椅子もそのまま保証しますよ。聖カタリナさんにとっても、あなたにとっても、痛手を最小限にする、悪くない話でしょう？」

蓮井のゆったりとした声に、瀧川は歯嚙みした。が、努めて感情を表に出さぬよう、答えた。

「もう少しだけ、お時間を頂戴できますかね。手塩にかけて育ててきた病院ですんでね。じっくり考えたいのです」

＊

院長室を出た冬実は、マンションに戻らずに、闇雲に自転車を走らせた。早くも帰省ラッシュが始まっているのか、車道はいつもより混雑している。店先では、店員たちがクリスマスの装飾品を片付け、正月の注連縄《しめなわ》や鏡餅を売る準備をしている。準備のいい家庭の父親が、門松を門の横に飾り付けている。冬実はそれらを横目に見ながら、漕いで、漕いで、とにかく漕いだ。おかげで、十二月だというのに汗だくになった。コンビニでミネラルウォーターを買って一気に飲み干したほどだ。

これだけ寄り道をしても、マンションに帰り着いた時はまだ朝の九時である。いつもならその日のオペや診察の準備でフル稼動している時刻だ。どんなに厳しいオペにも、上司や同僚からのプレッシャーにも耐え抜けると自負する冬実だが、現在の状況にはどう対応していいのかわからなかった。

冬実は書斎に入り、デスクに文献を並べていく。こういう時にこそ、自分の勉強をしよう。そう気持ちを切り替えようとしたのだ。しかし、いつもならすぐに集中できる冬実の脳も、今日はだめだった。本当に瀧川の言うとおり、じっと大人しく時が過ぎるのを待つことが最善の策なのだろうか。冬実の胸に、言いようもない焦りがよぎった。

「あれえ、冬実。どしたの？」

寝室から、眠そうな目をこすりながら夏帆が出てきた。

「病院の時間でしょ？　あれ、まさかクビになっちゃったとか？」

あはは、と笑ってみせる夏帆に、

「それシャレにならないんだけど」

と冬実は呟いた。

「そうだよね！　あんたからお医者さんの仕事取っちゃったら、なあーんも残らないもんね！」

夏帆がつっかかってくるのはいつものことだったが、冬実は普段のように軽くいなすことができなかった。なので、無言で夏帆に背を向け、文献に戻ろうとした。

「……ねえ、冬実。あんた……本当にミスしたの？」

「お姉ちゃん。バカな質問しないで。外科医は絶対にミスをしないの。そういう決まりなの」

「決まりとかそういうことじゃなくて——」

「してないよ。誓って」

「ふうん」

「…………」

「ま、いいじゃん、今まであんだけ稼いだんだから、一年くらいは適当に暮らせるんでしょ？　だったら別に、どっちでもいいんじゃない？　あんたが病院辞めるなら、あたしも今度こそ、本当に酒やめるよ」

冬実は、まじまじと夏帆の顔を見た。そういえば、最近、空の酒瓶が部屋のどこかに隠されているという場面に遭遇していない。

「あー、じゃあ、もう出前は頼まないほうがいいね。無駄遣いは極力減らさなきゃだもんね。あたし、安売りの食パンまとめ買いしてくる！」

夏帆はそう言って、部屋を出ていった。夏帆が今、本当は何を思っているのか、その様子からはうかがいしれない。しかし、冬実には、なぜか夏帆に慰められているような気がした。

＊

同時刻。『医療コーディネート株式会社』では、三宮が永遠子の肩を揺さぶっていた。

「永遠子さん、朝ですよ」

永遠子は、大量の書類を下敷きにして机に突っ伏すように眠っていた。三宮は溜息をつきながら、書類を永遠子の下から救い出し、整理する。

永遠子は、『サンデーリアル』で聖カタリナの話題が取り上げられた昨日から、新たな情報探しに奔走していた。近隣の大学病院図書館を片っ端から回り、『脳幹部海綿状血管腫』についての文献を入手した。また、各大学の教授や専門家の見解を集めた。そうして、さやかの手術に何らかのミスがあったことを証明しようとしていた。

もちろん、永遠子のスケジュールから患者訪問や大学講義の準備が消える訳ではないため、永遠子は必然的に睡眠時間を削ることになる。

「永遠子さん、早く起きてください」

三宮は、永遠子の肩を揺すって起こそうとしたが、永遠子は、

「……いつか、猫を飼いたい……」

と、意味不明の答えをした。低血圧気味の永遠子は、朝に弱い。永遠子が会社に泊まるのは構わないのだが、この永遠子を起こすという作業が、三宮にとっては最高に面倒くさかった。

「あと五分で九時ですよ」

三宮が再び永遠子の肩を揺らした時、インターフォンが鳴る。

「『サンデーリアル』の別所です。中原さんはおられますか?」

三宮は応対しようとしたが、その時、永遠子がむくりと起き上がった。そして、寝起きとは思えないくらいシャッキリとした職業用の声で、

「どうぞお入りください」

と、インターフォンに答えた。その変わり身の早さに、三宮は「最初からそうして

くれよ」と、心の中で愚痴をこぼした。

事務所に一歩足を踏み入れた別所は、珍しげに室内を眺めた。

「狭いところで申し訳ありません。私は事務所の秘書をしております、三宮と申します」

三宮が名刺を差し出すと、別所は、

「中原さんから少し聞いてはいたけど、いや本当に、想像以上に狭いもんですね」

と、感心したように部屋中を見回した。

「いやね、ほら、よく〝弱者の味方です〟みたいな弁護士の取材に行くでしょ。ところが、そういう人でも、平気でタワービルの高層階に立派な事務所を構えてたりするんですよね。でも、ここは本物だ」

「コンビニバイトも掛け持ちしているくらいですからね」

「コンビニ!?」

「ええ。ここの給料だけじゃ、暮らしていけないんで」

「そりゃますます、凄いですね。あ、そうだ」

「？」

「本題に入る前に。三宮さんのお話を伺っているとふと、嫌な質問が思い浮かんじゃって」

「何でしょう」

「聖カタリナを追及することで、中原さんにはどんなメリットがあるんですか？」

お、いきなりそう来たか、と三宮は思った。

「メリットなんて何もありません。亡くなった少女と、悲しんでる少年のため、役に立てればそれでいいと思ってるんです」

と永遠子は答えた。

「でも、ここの事務所の家賃だって払わなければいけないでしょう。それに、秘書さんの給料も出さねばならない。ある程度メリットというか、収入が入らないと困るんじゃないですか？」

別所の問いに、永遠子は笑ってみせた。

「まったくのボランティアじゃなかったですよ。望月悠くんからいただきましたから、五千円」

「五千円？」

「ええ、五千円」

別所は、肩をすくめ、それから一冊のノートを取り出し、取材メモをちらりと見た。

「実は、いろいろと調べているうちに、ある噂を耳にしたんです。聖カタリナが買収のターゲットになっていること、中原さんはご存知ですか？」

「買収、ですか」

「東都国際中央グループがあちこちの病院の買収計画に乗り出していて、聖カタリナもその一つだっていうんですよ。あそこは伝統ある病院だから、グループにしてしまえばステイタスがあがるということで」

「それは充分あり得ることだと思いますね」

と、永遠子は答えた。三宮も、東都国際中央グループの動きについては聞いたことがある。しかし、あの聖カタリナがターゲットになっているというのは初耳だ。そこで、三宮はあっと叫んだ。

「どうしたの、三宮くん」

「例の週刊誌の記事も、東都国際中央側の仕掛けだったりして。買収するなら聖カタリナの価値が下がってくれたほうが、都合がいいんですからね。わざとああいう記事を出すように仕向けたのかも」

「そうね。その線はあり得るわね」

永遠子が三宮の言葉を引き継いだ。

「とにかく、あの医師Aが誰なのか、ということが重要だと思うんです」

「純粋な正義感から申し出たのではなく、裏で東都国際中央と繋がっているスパイ、という可能性があるということですね」

と、別所は続けた。

「そうです。医師Aなどと言いながら、実は看護師Aや、事務員Aかもしれませんが」

「誰なんでしょうね、本当に」

それから、永遠子も別所もしばらく黙り込んだ。静寂の中、三宮も『医師A』の正体について思いを巡らせた。

ちなみに、三宮は『医師A』の正体について、ちょっとした想像をしていた。桧山冬実にネガティブな感情があり、伊東さやかの手術についての詳細を熟知しており、それでいて、不用意な怪我で当日のオペから外れて結果的に得をした形になった男
——脳外科医の真田こそが『医師A』ではないかと三宮は想像していた。

6

その夜、真田は、一軒のバーでひたすらグラスを傾けていた。カウンターのみ六席しかない狭い店内。客は真田しかいない。バックバーにはぎっしりと見知らぬボトルがひしめいている。先程から真田はそれらの酒を片っ端から注文し、飲み干しているのだ。

「真田先生じゃないですか」

新たに入ってきた客が、いきなり声をかけてきた。振り返ると、見たことのある顔が微笑んでいた。手術室勤務の看護師、正木恵だ。

「正木くんじゃないか。こんなところへ、君も？」

「こんなところって。ここ、渋谷ですよ。病院にも結構近いじゃないですか。私、家も近いし、このお店にはよくひとりで来るんですよ。マスター、私にいつものください」

ここは渋谷だったのか、と真田はぼんやりとした頭で考えた。どうやってこのバーに辿り着いたのか、実はハッキリした記憶がない。

「正木くん、仕事は？」

「今日は早めにオペ、終わったんです」

「ふうん」

真田は、マスターに新しく出されたグラスの酒をまた、一気飲みした。その様子を見て、恵は目を丸くした。

「ねえ真田先生。随分、無茶な飲み方してるんですね。お水も少しは飲んだほうが良いですよ」

真田は恵の言うことを聞き流し、さらに同じラムを注文した。恵は呆れながらも、新しく来た真田のグラスに自らのグラスを合わせた。

「今日も大変でしたね、桧山先生のこと」

「ああ……」

冬実の名が耳に入った途端、これまでの屈辱を思い出し、真田は深い溜息をついた。そんな真田の目を、恵の大きな瞳が覗き込む。さらりと動く恵の長い髪が視界に入り、真田はどぎまぎした。

「どうしちゃったんですか？　溜息なんかついて」

「ちょっとね……」

「どうせ飲むなら、まずは明るく楽しく飲みましょうよ。ね？」

恵はそう囁いて、にっこりと笑った。その笑顔に、真田は惹かれた。

それから三時間後。真田は恵の部屋にいた。渋谷駅から徒歩十五分の場所にあるハイツの一階で、六畳のワンルームという質素な部屋だ。

「せっかく仲良くなれたんだから、今日はとことん飲みましょうね」

恵はそう言うと、小さなキッチンの戸棚からワイングラスを取り出した。そして、冷蔵庫を開けて何やらつまみの準備を始めている。

「手伝おうか？」

「いいですよ。そこのベッドをソファ代わりに使ってるんで、そこに座っててください」

真田はベッドに腰を下ろしながら、室内を観察した。何しろこれまで、女性の部屋に入った経験がないのだ。

洗いかごには、洗われた皿やコップがきちんと重ねられている。

布団や洗濯物は、ベッドの隅に畳まれている。

クローゼットの脇に山のように積み上げられている色とりどりのハンドバッグも、女の子らしくていいよな、と、真田はぼんやりと思った。

「散らかっててすみません」

恵は真田の視界を塞ぐように座り、サイドテーブルにワインやカナッペを並べた。ワンピースの胸元から胸の谷間が見える。真田は思わず目を逸らした。

「真田先生、どうしました？」

恵が、真田の隣に腰を掛けた。

「んー。実は、女の子から部屋に誘われたなんて初めてで……まだ実はびっくりしてるんだ」

恵はおかしそうに笑いかけた。

「そう？　真田先生、ステキだと思うけど。それに……」

「それに？」

「真田先生は、こっち側の人間のような気がする」

「？」

「たとえば、桧山先生はずーっと陽の当たる場所にいる人間でしょ」

「…………」

「でも、助手やオペ看から抜けられない私たちは」

「日陰者ってことか」

と、真田は自嘲するように笑った。

「違うよ」

恵は首を横に振った。

「桧山先生よりもずっと、人生の苦い味を知ってる。心の痛みを知ってる。だから、真田先生っていいなあって思ったの」

恵はそう言うと、真田にもたれかかった。恵の身体の柔らかい感触が、服越しに伝わってくる。キスをした。恵が返してきた。恵の首筋に顔を埋めると、ふわりと石鹸の香りがした。

「私、病院の人とは初めてなんですけどね。真田先生ならいいかな、って」

そう恵が囁いた。真田はふと、恵になら〝あれ〟を見せてもいいかな、と思い立った。

7

それからさらに三時間後。

真田は、旧山手通りを玉川通りに向かって、フラフラと歩いていた。後方から来た車にクラクションを鳴らされ、真田は道を端に避《よ》けた。時刻は、明け方の四時を回ったところで、真田を追い抜いていく車のスピードは速い。背後から吹き抜けていく風が、真田の頬に冷たく突き刺さる。十二月の夜明け前の空気は肌を刺すように冷たい。真っ暗な空には、星が瞬《また》いている。恵と会う前の、鬱鬱とした心境が嘘のようだ。

――このまま、恵と付き合うことになるのかな。

真田は考えた。そして、それも悪くないなと頬を緩めた。

真田は以前、恵について他の看護師たちが噂するのを聞いたことがあった。男をとっかえひっかえして、派手に遊んでいるといったものだ。だが、身体を重ねてみると、恵の反応にはすれた雰囲気がまるでなかった。噂なんて、本当に当てにならないものだ。

真田は改めて決意した。

〝あれ〟を使って、とにかくうまく辞めるのだ。

聖カタリナを抜け出し、どこかの大病院の要職についてみせる。そうだ。成功の暁には、その病院に恵を呼んでやるのもいいかもしれない。そして二人で、日陰者の人生から脱却してやるのだ。

真田が楽しい想像をしながら玉川通りに差しかかったその時。

ドン!

不意に真田は、背中を強く突かれた。歩道から落ち、車道に転んだ。すさまじいクラクションの音が真田の耳を突き刺す。大型トラックが前から迫ってくる。

——やばい!

慌てて歩道に戻ろうと体勢を変える。と、自分を突き飛ばした人間の顔が、車のライトに照らされ、一瞬、夜の闇に浮かび上がるのが見えた。

女だった。

よく知った女の顔だった。

真田は必死に立ち上がろうとしたが、酒のせいか、驚きのせいか、身体が思うように動かない。

大型トラックはクラクションを押しっぱなしだ。

――もう、間に合わない。

次の瞬間、真田は空中に弾き飛ばされた。ぐるぐると回る景色とともに、真田の脳裏には断片的にいくつかの光景が浮かんだ。

「あなたに一番手は似合わないのよ」

と、面と向かって言い放つ桧山冬実の顔。

鳴沢が、突然喫茶店で声をかけてきた時の、黒いキャップを人差し指でくるくると回す仕草。

和泉官房長官の点滴に血栓溶解剤を入れる、自らの震える指。

『医師A』として初めて週刊誌に載った日のこと。

鳴沢の出した条件を信じて東都国際中央病院に出向いたのに、玄関先で追い払われた時の記憶。ほんの半日前の出来事だ。

そして、これを使って起死回生を図ろうと思っていた、伊東さやかの手術を収めたＤＶＤディスクの輝き。

すべての光景が矢のように通り過ぎ、直後、真田は身体を激しく地面に叩きつけられた。

絶命するのに、二秒しかかからなかった。

第五章

1

真田の通夜には、大勢の参列客が訪れていた。聖カタリナ総合病院からも、脳外科の冬実や大橋をはじめ、院長の瀧川や看護師など、関係者が連れ立って参列していた。

焼香を済ませた冬実は、まだ呆然としていた。真田とは大学時代から同期として争い、聖カタリナに来てからは優秀な助手として共に数々のオペを乗り越えてきた。その彼がもう、二度と戻ってくることはない。だが、いくら真田の遺影を目の当たりにしても、冬実にはその実感は生まれなかった。

「桧山くん、帰るよ。まだ残務処理があるからな」

瀧川に促され、冬実はようやくのろのろと歩き出した。

受付は、聖カタリナの若い看護師たちが務めている。その中には、オペ看の恵もいた。おそらく泣き腫らしたのだろう、目を真っ赤にしながら参列客の対応をしている。

「正木さん、大丈夫？」

冬実は思わず恵に声をかけた。日頃オペチームを組んでいるよしみで、恵となら真田を失った衝撃が分かち合えるような気がしたのだ。

「……あまりに突然で……すごくショックで……」

「そうよね。私もまだ、信じられない」

「……すみません。ちょっと顔、洗ってきます」

恵は言葉少なに立ち去った。瀧川は受付の看護師たちに告げた。

「君たちも、警察から事情聴取の要請があるかもしれないからその心積もりで」

一同の間に、重苦しい空気が漂った。

「……あれ、携帯鳴ってるの、桧山くんのじゃないか？」

冬実は瀧川に指摘されて初めて、ハンドバッグに入れた携帯が着信を告げているのに気づいた。冬実は「すみません」と断って電話に出た。

「ヒヤマフユミサン　デスネ？」

受話器から流れてきたのは、明らかに、ボイスチェンジャーを使用した声色だ。

「イトウサヤカノ　オペエイゾウガ　オサメラレタディスクヲ　モッテイマス。モットモ　タカイネダンヲ　ツケタカタニ　オユズリシマス。オークションニ　サンカシマセンカ？」

2

一方、永遠子は重い足取りで事務所への道のりを歩いていた。事態は、あまり芳しくない方向へと進んでいる。悠にどう説明したらいいのだろう――永遠子は大きな溜息を一つ、ついた。

事務所の扉を開けると、賑やかな話し声が聞こえてきた。

「三宮さん、本当にコンビニでバイトしてるんですか」

悠の声だ。三宮の声も続く。

「今日もこれから夜勤だよ。ま、コンビニだから遊びに来てもおまけとかしてあげられないけどな。せいぜい漫画の立ち読みを見逃すくらいだな」

「ははは。あ、中原さんだ。お邪魔してます」

永遠子は自分のデスクから椅子を引っ張ってきて、悠と三宮の近くに座った。

「ごめんね、望月くん。残念なお知らせが二つ、あるの」

永遠子の硬い表情を見てとって、悠は真剣な顔つきになった。

「まず一つ。今日、りえ子さんに会ったから、さやかさんの携帯のこと、改めて聞いてみたんだけど……りえ子さん、やっぱり心当たりないって」

「じゃあ、誰が持ってるんですかね……」

「わからない。でも、病院から引き取った荷物の中に、携帯電話は入ってなかった。それは間違いないみたい」

永遠子が説明すると、悠は目に見えて落ち込んだ。

「あの写真、どうしても欲しかったのに……」

「遺族が持っていないとなると、やっぱり病院関係者が隠してるとか？」

三宮が口を挟んだ。

「そうね。その可能性は捨てられない。望月くん、引き続き調べてみるわね」

永遠子は悠を慰めてから、二つ目の残念な報告に移った。

「で、今日はりえ子さんだけでなく、『サンデーリアル』のプロデューサーも一緒に、弁護士さんのところに行ったの。医療訴訟について詳しい方で、今回のさやかさんの件について訴訟が可能かどうか伺ったんだけど……」

永遠子は、少し間を置いて、次の言葉を口にした。

「今のままだと、訴訟はできないらしいの」

「えっ？」

「え？」

悠と、三宮の声が重なった。

「医療訴訟は、全体的に医者にとって有利な判決が多いんだって。よっぽどの証拠がなければ、患者側が敗訴になることが多い。今回のさやかさんのケースでも、決定的なデータがないの。あくまで状況証拠ばかり。だから、訴えてもこのままだと負けるだろうって言われて」

「そんな……」

悠も、そして三宮も、押し黙ってしまった。

「でもね」

と、永遠子は悠を励ますように続けた。

「逆に言えば、証拠があればいいのよ。今はまだないけど、絶対に探し出してみせるから」

「………」

その時、事務所の電話が鳴った。三宮が受話器を取り、いつものようにスピーカーボタンを押した。

「待って三宮くん。望月くんがいるから……」

患者さんの守秘義務があるからスピーカーを切って、と、永遠子は続けようとした。しかし、流れてきた音声に、永遠子は固まった。

「イトウサヤカノ　オペエイゾウガ　オサメラレタディスクヲ　モッテイマス」

「は？」

「さやかの……オペ映像？」

永遠子と悠は同時に立ち上がった。

「もしもし、あなた誰ですか？」

三宮は、電話の相手とコンタクトを取ろうとする。だが、音声は機械的に続いた。

「モットモ　タカイネダンヲ　ツケタカタニ　オユズリシマス。オークションニ　サンカシマセンカ？」


電話は、そこで切れた。

永遠子は、三宮、そして悠と顔を見合わせた。

「今のって、本物なんですかね」

疑心暗鬼な様子の三宮に、永遠子は答えた。

「わからない」

「…………」

「でも……興味のある情報だとは思う」

「…………」

永遠子は頭を巡らせた。

「さやかさんのオペ映像をわざわざ売ろうとするくらいだから、相手は聖カタリナの関係者ではないわね。だったら、何か向こうに都合が悪いものが映っている可能性、あるわよね」

「都合の悪いもの、って、何ですか？」

「手術ミスの証拠とか」

「だったら」

と、三宮が思いついたように言った。

「聖カタリナ側にも、さっきの電話がかかってたりするんですかね？」

「そうかもしれないわね。聖カタリナ側も、死に物狂いでデータを手に入れようとするに違いないわ。自分たちのミスを永遠に隠そうとしてね。そうなると、オークションなんてしたら、いったいどれほどの高い値段になってしまうか……」

永遠子は迷っていた。オークションは、ピンチだ。だが、同時にチャンスでもある。

「そうだ、三宮くん。『サンデーリアル』の別所プロデューサーがこないだ言ってたこと、覚えてる？」

「え？　えーっと……、あ、買収の話ですか？　東都国際中央が聖カタリナを買収しようとしてるって話」

「そう。東都国際中央なら、資金はいくらでもあるわよね」

「永遠子さん、まさか……」

「そう」

と、永遠子は頷いた。

「私、資金を融通してもらえないか、頼んでみる」

「えっ？　そんなこと、できるんですか？」

「交渉の余地はあるでしょ。だって、聖カタリナの買い値を下げるような特ダネよ？　向こうとしても、喉から手が出るほど欲しいはず」

永遠子は、任せておきなさい、とでも言うように微笑んだ。

一方、冬実は院長室に瀧川を訪ねていた。とある依頼のためだ。

「金を出してくれだと？」

瀧川の驚いた声に、冬実は頷いた。

「どうしてもそのディスクを買い取りたいということは……君は、インシデント——医療ミスがあったと認めるというのか」

「いえ、その逆です」

「？」

怪訝そうに首を傾げる瀧川に、冬実は説明した。

「医療ミスはなかった。オペは完璧だった。それを証明するために映像データを買い戻したいんです。院長。この病院を守るためにお金を出してください」

瀧川は苦い表情でしばらくじっと考えていた。が、決心したように机を叩いた。

「五千万だ」

「五千万……病院の危機に、その金額が限界ですか？」

「うちの今の経営状態では、それでも限界ギリギリだ。何とかこの金額で落札しろ」

瀧川は、苦々しい表情で言った。聖カタリナの経営は、冬実の想像以上に逼迫《ひっぱく》しているらしい。五千万円で落とせるといいのだが……冬実は不安な気持ちのまま、院長室を後にした。

3

年が明けた一月五日、午後八時四十五分。冬実は横浜駅近くのネットカフェ『イードライブ』の自動ドアを恐る恐るくぐった。

あれから冬実は、オークションに参加するため、オークションサイトのＩＤとパスワードを取得した。日時は、平成二十四年一月五日の午後九時からと指定された。

オークションに参加するに当たって、瀧川からいくつかの注文を付けられた。

ひとつ。くれぐれも聖カタリナの人間が落札に関わったという事実が外部に漏れないように。つまり、病院からのアクセスはNG。

ふたつ。確実に競り落とし、何事もなかったかのように映像保管室に映像データを戻しておくこと。

数あるネットカフェから、この『イードライブ』を選んだのにも、理由があった。一般的なネットカフェでは、身元を保証するために、会員登録が必要である。用紙に名前や住所を書き込み、身分証明書を呈示する必要があるのだ。だが、『イードライブ』は、身分証明不要で利用できる店である。冬実はそのことを事前に調べたうえで、この店にやってきたのだ。

「ご利用は初めてですか？」と店員に尋ねられ、冬実は「はい」と頷いた。心なしか、頬が強張っているのを感じ、冬実は両頬を手で包んだ。

「では、当店のシステムについて、ご説明をさせていただきます。コースは一時間、三時間、オールナイトがあり……」

店員の説明は聞き流した。冬実の心は、これから始まるオークションでいっぱいである。使える金額は五千万円。かなり心もとない。このオークションがどういう仕組みで行われるのかもわからない。自分の他に、何人が競り合うのかもわからない。すべてが不透明な中で、それでも何としても無事にディスクを競り落とさなければならない。

「どちらのコースになさいますか」

「三時間コースをお願いします」

「かしこまりました。ブースは、オープンタイプと個室タイプがありますが、どちらになさいますか？」

「個室で。できれば端のほうで」

「それでは、四十二番のお席にどうぞ」

冬実は、建物の中へと足を進めた。タバコの臭いが鼻につく。人がやっとすれ違えるほどの細い通路には、片側に座席ブースへの入り口が並び、もう片側にコミックがぎっしりと収められた本棚が置かれている。鰻の寝床のような通路をくぐり抜けながら、冬実は、四十二番の番号が付けられた席を探した。

冬実の希望どおり、壁際に設けられた個室席。一メートル四方ほどの空間しかない、小さな個室だ。冬実は鍵をしっかり閉め、中の椅子に腰掛ける。隣との壁は天井まで届いていないため若干心配はあるが、最低限のプライバシーは守られているようだ。

冬実は、備え付けられているＰＣの電源を入れ、ブラウザを立ち上げてオークションサイトにアクセスする。そして、教えられたＩＤとパスワードを入力した。

『シークレットオークションへようこそ』

一面の黒の背景に、白抜き文字でメッセージが現れる。

『参加者は、あなたを含め二人です』

二人……二人……敵はおそらく、私の処置に医療ミスがあったと思い込んでいる者。すなわち、中原永遠子だ。

画面には、次の文字が表示される。

『オークションは、百万円からのスタートになります。午後九時きっかりに入札を開

始します。制限時間は五分間。終了時点で最高額を入札されている参加者様が落札者となります。商品の受け渡し場所と日時は、落札者様のみにお知らせします』

相手が永遠子なら、勝ち目はあるかもしれない。彼女が、資金面で潤沢だとは考えにくい。五千万円なら勝てそうだ。少しだけ心が軽くなる。

『それでは、オークションを開始致します』
『開始金額：1，000，000』

モニターに開始金額が白抜き文字で表示される。と同時に、五分間のカウントダウンが始まる。入札スタートだ。

冬実は、初めの一分間は少しずつ金額を入れていくことにした。

『2，350，000』
『3，000，000』
『3，700，000』

『4，200，000』

しばらくは、小幅の値動きが続く。

事態が急変したのは、開始から一分を経過しようとした時だった。

『10，000，000』

一千万。いきなり相手が大台に乗せてきた。

予想外の展開だ。相手は永遠子ではないのか？

冬実は、震える指で『11，000，000』と入力した。すると相手は、

『20，000，000』

すかさず、画面上の金額が塗り替えられる。それも大きく。

「…………」

とにかく行くしかないのだ。

『21，000，000』と入力する。

すかさず相手は、

『50，000，000』

と打ち返してきた。

なんなんだ。向こうは資金に余裕があるのか？　いきなり、冬実サイドは資金切れである。どうすればいいのだ。

冬実は携帯電話を取り出し、姉の夏帆にかけた。

「もしもし」

「お姉ちゃんごめん。私の部屋の机の引き出し、一番上に通帳が入ってるの。残高、見てくれる？」

「通帳？　なんで？」

「いいから、早く！」

冬実の焦りを察したかのように、夏帆は素直に引き出しを確かめているようだ。

「あったよ。わ、八百万もあるよ。すごいね冬実！」

「ありがとう」

貯金がなくなるくらいなんだ。このオークションには、自分の外科医生命がかかっているのだ。

冬実は『58,000,000』と入力した。掛け値無し。ぎりぎりの数字だ。

『70,000,000』

え――。

冬実は画面の数字に目を疑った。

相手は、冬実の限界の数字に、さらに千二百万円も乗せてきた。

もう打つ手がない。

時間だけが無情に過ぎる。そして、『入札終了』の表示。一秒後には、

『残念ながら、あなたは落札することができませんでした』

という文章が、モニターに表示された。

負けた。

絶対に負けてはいけない勝負に、冬実は負けてしまった。

4

オークションから一週間後の、一月十二日、午後九時。

受け渡し場所として指定された代々木緑公園は桜の名所としても知られ、昼間は都会の憩いの場となっているが、夜はまばらな街灯が所々を照らすのみの、暗く静かな空間である。

永遠子の後ろを三宮が、そして隣にはクロスバイクを引きながら悠が歩いている。

「望月くん、今からでも遅くない。外の明るい場所で待ってたらどう？」

三宮は、悠に声をかけた。公園に入る前にも、危険だから悠が来るのはやめておくよう説得したのだが、彼は自分も一緒に行くと言って譲らなかった。

「……今から来るのが、さやかを殺した犯人ってことなんですよね」

悠は三宮の言葉には答えず、ぽつりと呟いた。

「そうとも限らないわよ」

と、永遠子が振り返った。

「ただ単に、映像に近付けた人、手に入れられた人、というだけかもしれない。でも、もしその映像が本物なら、あのオペの真実に一歩近づけることには違いないわね」

永遠子の言葉を聞いた悠は、俯いて押し黙った。

「望月くんが待っていた瞬間だろう。知りたくなくなったのか？」

三宮が声をかけると、悠は首を横に振った。そして、

「本当に……ここまで来られたのは、中原さんや三宮さんのおかげです。さやかの無念が晴らせたら、おれは中原さんみたいな、人に親身に寄り添う医療コーディネーターになりたいです」

と言った。

「そう……これ以上のありがたい言葉はないわ。望月くん、ありがとう」

永遠子は静かに言った。

やがて、三人は、中央広場に到着した。指定された噴水は目の前だ。噴水を取り囲むように、いくつかのベンチが円形に並べられている。

三宮がそのまま進もうとすると、永遠子は「待って」と三宮を止めた。

「あなたたちは、ここで待ってて。私一人で行く」

「そんなの、危険すぎます」

と、三宮は抵抗した。

「そうですよ。何かあった時に、中原さん一人じゃ力が足りませんよ」

と、悠も言った。

「でも、一人で来いって言われたからね。それで、ディスクを渡してもらえなかったら困るでしょう？」

「…………」

「……じゃあ、俺たちはそこの木の陰で待機してます。なんかあったら、大声上げてくださいね。絶対に」

三宮は、金の入ったバッグを永遠子に渡した。そして、悠を促し、少し離れた所にあるクヌギの木の陰に移動した。永遠子は、まっすぐに噴水の下に歩いていく。

「あんたが落札者か?」

永遠子が噴水に近付くと、サングラスをかけた男がひとり、近付いてきた。手に何かを持っている。その〝何か〟は、木の隙間から漏れる街灯の明かりに照らされてきらりと輝いた。DVDディスクだ。

「俺は代理人だ。あんたの持っているそのバッグと、このディスクを交換だ」

「……それが本物だっていう証拠は?」

永遠子が低い声で問い質す。空気が張り詰めた。

「証拠はない。俺はただの使いなんだ。ガキの使い」

「…………」

「で、交換するの?　しないの?」

「…………」

相手は、多くを語らない。永遠子も、口を噤《つぐ》んでしまった。両者の沈黙が痛いくらいに三宮を刺す。三宮は今すぐにでも飛び出していきたい衝動をぐっと堪えた。そして、永遠子の不安や恐怖と、そして勇気を思い、胸が痛んだ。

長い沈黙の後、永遠子が口を開いた。

「するわ、交換」

「OK」

永遠子はバッグを男のほうへと持ち上げた。男も永遠子にディスクを差し出した。


と、その時。


轟音を立てながら、三宮の目の前をさっと横切る影があった。真っ赤な大型のオートバイだ。ドライバーはライダースーツに身を包み、漆黒のフルフェイスのヘルメットを被っている。バイクはまっすぐ永遠子に近づく。そして、手にしていた鉄パイプを永遠子に向かって振り上げた。

「永遠子さん！」

「危ない！」

悠と三宮が思わず叫んだのと、ぐしゃっという不快な音があたりに響いたのが、ほぼ同時だった。三宮は木陰から飛び出した。

謎の人物は、サングラスの男の手からディスクをひったくり、再びバイクにまたがりアクセルを豪快に吹かしていた。

「お願い！　捕まえて！」

永遠子のうめくような声が響く。永遠子に駆け寄ろうとしていた三宮は方向を変え、夢中でバイクを追いかけた。が、その前にバイクに追いつく影があった。

悠だ。

すばしっこくクロスバイクにまたがり、謎のバイクの進路を塞ぐ。バイクはバランスを崩し、スピードが落ちる。その隙を見計らったように、悠の手がバイクの人物の手からディスクを奪い取った。

「それを持って逃げろ！」

三宮は思わず叫ぶ。悠は一つ頷くと、クロスバイクを全速力で漕いでいく。同時に、体勢を立て直したバイクも、轟音を立てながら悠のクロスバイクを追っていった。近くで車のブレーキ音も響く。追跡の激しさを物語るようだ。

――望月くん、どうか、逃げ切ってくれよ！

三宮は、祈るように手を合わせた。そして、はっとしてあたりを見回した。

サングラスの男は、いつのまにか姿を消していた。金の入ったバッグもない。そして、永遠子は、ベンチの足元にぐったりと身を横たえていた。傍らには、血の付いた鉄パイプが落ちている。

「永遠子さん！　永遠子さん！」

三宮は永遠子のもとに駆け寄った。永遠子はぐったりとして、既に意識がない。後頭部からは大量の血が流れ出し、三宮の掌を生温かく濡らしていく。

「！　頭蓋骨がやられている！」

三宮の顔から血の気が引いた。急いでポケットから携帯電話を取り出し、震える指先で、『一一九』をダイヤルした。

5

悠は、全速力でクロスバイクを飛ばしていた。方角などわからない。ただ、ただ、必死にペダルを漕ぐ。たとえ、両脚がちぎれてしまっても、ここで捕まってディスクを取られるよりはマシだ。

背後から、バイクの轟音が迫ってくる。悠は細い路地に逃げた。小さな商店の脇道だ。そこで、ゴミ箱や段ボールの束をいくつか蹴散らしながら漕いだ。道はそのまま、ファミレスの裏手へと繋がっている。

そこから大通りに飛び出す。

バイクは振り切れただろうか。

いや、逆だった。百メートルほど先で、悠を追ってきていた真っ赤な大型バイクが停車していた。待ち伏せされていたのだ。慌てて悠はクロスバイクを反転させた。

逃げながら、必死に思考を巡らせる。

こうなったら、繁華街に逃げ込んだほうがうまく人ごみに紛れられるかもしれない。クロスバイクは捨ててもいい。出発点が代々木だから、原宿あたりなら近いはずだ。だが、どちらの方角に行けば原宿なのかが、今の悠にはまったくわからなかったし、それを確認している時間的な余裕もなかった。

真っ赤な大型バイクは、今度は何の躊躇もせずに、悠のクロスバイクに追突してきた。地面に叩きつけられる悠。たすきがけにしていた鞄の中身が路上に飛び散る。その中に、永遠子が命がけで手に入れようとしたＤＶＤディスクもあった。

「くっ！」

悠はクロスバイクの下から手を伸ばしてディスクを取ろうとした。しかし、バイクから降りてきた人物のほうが素早かった。ディスクをかすめとると、倒れている悠のことなど見もせずに、再びバイクにまたがった。

「！」

悠が身体を必死に起こしている間に、バイクは轟音を立て、走り去った。

——ふざけるな。あれだけは、絶対に渡せない!!

悠はクロスバイクを起こした。ハンドルが少し曲がっていたが気にならなかった。あのディスクには、伊東さやかの死の、その真相が刻まれているのだ。

絶対に、失うわけにはいかない。

悠は、あらんかぎりの力で、ペダルを踏み始めた。

＊

ディスクを奪った人物は、信号待ちのたびに背後を振り返った。が、自分を追跡してくる人物はいないようだった。

それからは、安全運転に切り替えた。万が一スピード違反で白バイにでも捕まったら、これまでの努力が台無しになってしまう。

慎重に法定速度で山手通りを南下し、駒沢通りとの交差点を左折する。

やがて、バイクは、『クラッシィ代官山』というマンションの駐車場で停まった。

ヘルメットを脱ぐ。

長い髪がばさりと現れる。

素早くマンションに入る。

エレベーターで四階に上がり、四〇一号室のドアの鍵を開ける。

部屋に入る。

ライダースーツを脱ぎ、内ポケットからディスクを取り出す。それは、窓からの月明かりに照らされ、光り輝いて見えた。

とにかく、まずは確認しなければ。

彼女——バイクに乗っていたのは女性だった——は、リビングのＤＶＤプレーヤーを立ち上げる。

ディスクをセットする。

再生ボタンを押す。

その時だった。

ガタン！

背後の物音に、慌てて振り返り、小さな悲鳴を上げた。

さっきの、あの少年が、部屋の入り口に立っていたのだ！

いつのまに、追いつかれていた？

「ここは、桧山冬実の部屋だろ。やっぱりお前らがさやかを殺したんだな？」

「！」

少年はいきなり殴りかかってきた。

彼女はキッチンに逃げた。

洗い場に立てかけてあった包丁を手に取る。

少年が追いかけてくる。

負けるわけにはいかない。私には、守るべき者がいる。

数日前のことだ。

「桧山くんの手がけたオペが失敗に終わった。その証拠となる映像ディスクが、何者かに奪われてしまった。あれが世に出れば、うちは破滅だ。何より、前途ある桧山くんの医師人生が閉ざされてしまう」

聖カタリナ総合病院の院長・瀧川は、苦渋に満ちた表情で彼女に語った。

「何をすればいいんですか？　妹を守るためなら、あたし、何でもします」

「……そう言ってもらえると思っていたよ。落札したのは、ナカハラトワコという女だ。彼女をマークし、ディスクが彼女に渡るのを何としても阻止して欲しい」

瀧川は、土下座した。

「頼む。妹さんの名誉を守れるのは、君しかいないんだ！」

「……はい」

そうだ。私は妹を守るのだ。

夏帆は包丁を持つ手にぐっと力を入れると、自分から少年に向かって突進した。

*

午後九時二十七分。自転車を走らせていた冬実は、ＥＲから呼び出された。

「頭部打撲による脳挫傷の急患が運ばれてきます。ヘルプをお願いしたいのですが」

「わかりました」

冬実は急いで聖カタリナに戻り、第一手術室に向かった。手早く身支度を整え、配置につく。

「お疲れのところ、すみませんね。状況を聞くと、傷が脳に達しているようなので、桧山先生のお力が必要かと思いまして」

ＥＲ室勤務の医師・桜井啓《さくらいけい》が、すまなそうに冬実に頭を下げた。冬実は「いえ」と短く答えた。むしろ家に帰ってから呼び出されるより、手間が省けた。タイミングがいい、と、冬実は心の中で思った。

ドアが開き、ストレッチャーが運ばれてくる。

「お願いします！」

看護師が叫び、冬実は初めて患者の顔を見る。

――中原さん！

まさか、瀕死の患者が永遠子だとは。自分を苦しめてきた敵。その敵が、今、目の前で生死の境を彷徨っている。もしこのまま治療しなければ、彼女は確実に死ぬだろう。

「桧山先生！　どうしたんですか？」

「先生。早くご指示を！」

桜井や看護師の声を遮るように、冬実は呟いた。

「……純粋と神聖をもってわが生涯を貫き、わが術を行う」

医師を志した学生の頃に触れた、ヒポクラテスの誓いの一節。

「医師は私欲に惑わされてはいけない。目の前の人間を救うためだけに、常にベストを尽くす。そうよね」

冬実は、もう一度永遠子の顔をじっと見つめた。まさか、私があなたを助けることになるなんてね……。

冬実は素早く永遠子の頭の様子を確かめる。

傷口の直径は十五センチ、深さは十センチ。

「緊急オペを開始します」

冬実は力強く宣言した。

6

それから三時間後。冬実は、帰路へとついていた。永遠子のオペは無事に終えていた。

永遠子は、殴打された際、脳神経の一部を傷めてしまっていた。冬実は、思いきって脳機能iPS細胞再生術に踏み切った。さやかの時と同じように、永遠子の傷めた脳神経に、iPS細胞を埋め込んだのだ。

軽い麻痺が残るか、それとも半年後には完全に神経細胞が元どおりに修復されるか——結果は、時を待つしかなかったが、修復できる可能性を無視して頭を閉じることは、冬実にはできなかった。とにかく、一命は取り留めることができたし、オペも二時間以内に収めることができたことで、冬実はひとまず胸を撫で下ろした。

それにしても、気になる。

中原永遠子に、いったい何があったのか？

——彼女が意識を取り戻したら、詳しい事情を聞かなければ。意識を取り戻すまでに一週間はかかるだろうが。冬実は頭の中で明日からのケアを組み立て始めた。

やがて、マンションに着く。

玄関の扉を開けると、夏帆がいつも履いているスニーカーの他に、もう一つ、見慣れない男物の靴があった。

「？」

冬実は「ただいま」と言いながらリビングに入った。夏帆はこちらから背を向けた状態で立っている。その向こうのテレビ画面に映る映像を見て、冬実は驚愕した。

――これは！

画面いっぱいに映っているのは、伊東さやかのオペの記録映像だ。くも膜の重なり方は冬実の記憶と一致し、それを切り分けていく指の動きは、まさに冬実の手さばきそのものだ。

「お姉ちゃん、この映像、どうしたの？」

夏帆に尋ねようとした次の瞬間、冬実は凍りついた。

足元の絨毯が、赤に染まっている。

それは、画面に映っているのと同じ、真っ赤な——血の色だった！

「お姉ちゃん！」

ソファの向こうには、力なく投げ出された男の脚。

「お姉ちゃん！」

その脚の持ち主は——望月悠だ！

「お姉ちゃん！！！」


夏帆が振り向く。右手には、血に濡れた包丁を握っている。

「あんたのためにやったのよ」

夏帆は微笑んだ。

「私の……ため？」

「守ってあげるの。ナカハラトワコからあんたを、絶対に守ってあげるの」

「なんで？　お姉ちゃんがなんで、その名前を知ってるの？」

「あんた、医療ミスしたんでしょ。心配しなくていいのよ。守ってあげるから」

「医療ミスって、何？」

叫びながら、冬実は激しくむせた。口内の水分は奪われ、喉はカラカラで、焼け付いてしまいそうに熱かった。

「お姉ちゃんこそ、なんで信じてくれないの？　私、医療ミスなんてしてないのよ！　それに、私以外の、誰も！　見てよ、その映像!!」

背景に流れているオペ映像は、冬実が最も危惧していた縫合のシーンを映し出していた。それは、完璧であった。どの手順もしくじることはなく、ひとつひとつ確実に行われていた。

医療ミス《インシデント》は、なかった。

「まさか」

「本当よ！」

「じゃあ、あたし、なんのために二人も人を殺したのよ！」

「ふ、二人？」

まさか……永遠子を殴打したのも夏帆なのだろうか。

夏帆はふらふらと部屋を出ていった。冬実は、後を追うべきなのに、なぜか足が前に出なかった。悠の肌は、血液の大半が流れ出てしまったようで、怖いくらいに白かった。

「……望月くん」

冬実は、悠の身体を触り、脈と呼吸を確かめた。

生命反応はまったく見られない。

「望月くん！」

が、それでも冬実は悠の上にまたがり、渾身の力をこめて心臓マッサージを始めた。

死ぬな、死ぬな、死ぬな！

もう、悠の生命はこの世に戻っては来ない。そんなことはわかっている。それでも、冬実は心臓マッサージをせずにはいられなかった。ちょうど、さやかの心臓を渾身の力で甦らせようともがいていた、あの日のように。

夏帆はマンションを飛び出し、ふらふらと歩いていた。行くあてなどない。ただ、できるだけ遠くへ行きたかった。しかし、脚にまとわりつく生暖かい雫と死の匂いは、どこまで歩いても離れてくれそうにない。

「なんでよ……守ろうと思ったのに……ナカハラトワコから……」

夏帆は、電柱にしがみつき、むせび泣く。

「大丈夫ですか？」

誰かが背後から声をかけてくる。

「……あなた、怪我してるんですか？　誰かにやられたんですか？」

顔を上げると、警官の制服が目に入った。

「ナカハラ……トワコ……」

「あの！　ナカハラ、というのは、あなたのお名前ですか？」

「悔しい……ナカハラ……トワコ……」

夏帆は、地面に倒れ込んだ。もう、立っている気力すら残っていなかった。

「……妹を……守りたかっただけなのに……」

自分は、どこから道を間違えてしまったのだろうか。


路上に停まる一台のセダン。男は運転席に座り、事の展開をフロントガラス越しにじっと見守っていた。

クラッシィ代官山に、桧山夏帆が入っていく。

少年が入っていく。

少し時間を置いて、桧山冬実が入っていく。

しばらくすると、夏帆だけが血まみれで外に出てくる。

「…………」

終わった。失敗は明らかだ。

男は自らの次の一手を決めた。携帯を取り出し、かける。何コールか待った後、男は、送話口に向かって静かに言った。

「蓮井さんですか？　聖カタリナの瀧川です。ええ、そうです。あのお話、お受け致します」

最終章

1

　五日後の一月十八日、午前九時四十分。聖カタリナ総合病院。ナースステーションに戻ってきた恵を、二人の男が取り囲んだ。

「……何ですか？　お金なら、今月の振り込みまでは待っていただけるってことでしたよね？」

　不審そうに男たちを睨む恵に、二冊の警察手帳が示される。

「渋谷署の陣野《じんの》です」

「花井《はない》です。正木恵さんですね」

　二人の刑事の口調は穏やかだったが、眼差しは厳しく恵を捉えていた。

「警察の方まで出てこなくても、借りたお金はちゃんとお返しすると……」

「あなたが複数の金融機関から借金をしていることは知っています。ただ、今日は別件です」

「あなたは、二つの事件の重要参考人として手配されています」

「え？」

恵は刑事たちをきょとんと見つめた。

「あなた、一月十二日の午後九時、島崎和哉という男性を、代々木緑公園に行かせましたね。自分の車を彼に貸して」

「中原永遠子さんをはじめとする複数の人物にディスクの取引をもちかけたのは、あなたですよね」

刑事たちから矢継ぎ早に告げられる言葉に、恵はおかしそうに笑った。

「何をおっしゃっているのか、まったく意味がわかりませんが」

「先程、あなたの家の家宅捜索で、島崎とともにオークションサイトを操作していた形跡も見つかりました。ボイスチェンジャーや音声の再生装置も。詳しくは科捜研のほうで明らかにさせてもらいます」

恵の顔から、笑みが消えた。

「だから何だっていうんですか？　別に、どうってことないじゃないですか。オークションくらい、そんなに珍しいことじゃありませんよね」

「その売り物が、殺した人物から取り上げたものじゃなければね」

「……何をおっしゃっているんですか？」

「正木さん。真田さんの背中を突き飛ばし、トラックに轢かせ、ディスクを奪ったのは……あなたですね」

「…………」

あの夜、真田から、さやかのオペのディスクを隠し持っているのだと告白された。あのディスクを盗めば大金に変えられる。確かにそう考えた。セックスフレンドの島崎にもちかけてオークションを開いたのも事実だ。それに、そもそも真田から話を聞く前から、あのディスクを手に入れなければならない理由が恵にはあった。

「優秀な看護師であるあなたを見込んで、ひとつ頼みがあるの。どうしても、あのオペの映像が欲しい。もし手に入れることができたなら、二百万を払うわ」

耳元に、あの女の声が甦る。クレジットカードでブランドバッグを買い漁り、取り返しのつかないくらいに借金を膨れ上がらせていた恵にとって、二百万という金額は魅力的に響いた。あれからだ。あれから、恵の中で、何かのバランスが大きく崩れていったのだ。

＊

その時、冬実は、赤坂ロイヤルホテルのロビーに立っていた。大勢の報道陣が行き交っている。このホテルの会議室で、十時から会見が行われる予定なのだ。東都国際中央病院と聖カタリナ総合病院が統合される――その記者発表がもうすぐある。なので、冬実が待つ人物は、必ずここにやってくる。

やがて、エントランス前に一台のタクシーが停まり、後部座席から瀧川が降りてきた。冬実は、瀧川の正面にゆっくりと移動した。瀧川も、すぐに冬実に気づいた。

「……なぜ、君がここにいるのかな？」

「姉を騙したのはあなたですね？」

「それが？」

「それが？」

「ディスクが欲しいと言い出したのは、君じゃないか。どんな手を使っても手に入れたかったんじゃないのか？　私はそれを、君のお姉さんに教えてあげただけだよ」

「あなたのせいで、人が殺されたんですよ」

「知らないな。私の行く道には関係のないことだ」

「！」

瀧川は、一歩前に出た。

「私は、医師であると同時に経営者だ。経営で大事なことは、とにかく病院を潰さないことだ。潰れさえしなければ道は続く。一人の医師に過ぎないお前にはわからないかもしれないが、俺のような人間が日本の医療を支えてきたんだ」

冬実も一歩前に出た。今や、ふたりの距離は五十センチもない。

「ふざけるんじゃないわよ。大勢の人生をめちゃくちゃにして、何が医療よ」

だが、瀧川はそれでも胸を張った。

「医療には犠牲がつきものだ」

「！」

「わからないのならそれでもいい。ただ、手術がうまい。お前は、それだけの女だってことだ」

そして、瀧川は記者会見場に向かって歩き去ろうとした。

冬実は、人生で初めて、「明確な殺意」というものを経験した。

殺す。殺してやる。私のメスを、あの男の眉間に突き立ててやる——。

と、その時だった。

「今思ってることを実行したら、あんたの人生も終わりだな」

背後から聞こえた男の声に、冬実ははっとして振り返った。立っていたのは、鳴沢だった。

「鳴沢先生？　あの、鳴沢先生じゃないですか。なんでこんなところに……？」

驚く冬実に、鳴沢は、意味ありげに笑いかけた。

「ちょっと場所を変えないか？」

冬実と鳴沢は、ホテルの中庭に置かれたベンチに腰を下ろした。

「俺は四月から、現場に復帰することになったんだ。東都国際中央病院の脳外科部長として」

「東都国際、ですか……」

「そこで提案なんだが……どうだろう。お前の持っている脳機能iPS細胞再生術の研究データ、俺にくれないか？」

「は？」

冬実は自分の耳を疑った。何という非常識な申し出。と、鳴沢は愉快そうに笑いながら、

「もちろんタダとは言わない。あんたが手がけた、あの女子高生のオペの真実と引き換えだ」

「な、何ですって？」

冬実は鳴沢を凝視した。鳴沢の表情が、すっと真剣なものになった。

「俺は持ってるんだ。動かぬ証拠ってヤツを」

「…………」

「もちろん、そんな真相はもうどうでもいいっていう選択肢もある。そして、もう一度、スター外科医を目指すという道もある。さあ、どうする？」

冬実は、考えた。

じっと考えた。

冬実の脳裏を、様々な光景が巡った。

伊東さやかの急変を知らされたあの朝。絶望の中で、心臓マッサージの手を止めた。

週刊誌に告発され、糾弾された。

真田拓馬が突然、トラックに轢かれて死んだ。

その通夜の席で、突然、さやかの手術映像のオークションに参加しないかと誘いをかけられた。

オークションでは中原永遠子と競り合って、負けた。

その永遠子は、夏帆に頭部を殴打され、生死の境を彷徨った。

オペを終えて帰宅したら、自分の部屋のリビングで、望月悠が死んでいた。

姉の夏帆はうわごとのように「あなたを守りたいの」と呟き、そして警察に捕まった。


すべてが繋がっているようで、まだ、最後の〝何か〟が見えない。

その何かと、冬実の外科医としての将来と、どちらが重要だろうか。

考えて。

考えて。

やがて、冬実は結論を出した。

「決めました。研究データは差し上げます」

「ほう。ということは――」

「あなたの持っている『動かぬ証拠』、私にください」

2

冬実の下にＮＣＵの看護師から連絡が入ったのは、翌日の一月十九日のことだった。

「中原永遠子さんの意識が戻りました！」

冬実は早足でＮＣＵに向かった。その表情に、喜びはなかった。

永遠子は、ベッドの上でぼんやりと目を開けていた。

「中原さん、わかりますか？」

冬実は、永遠子の目の前で、ちらちらと掌を動かしてみせる。永遠子は、手の動きに合わせるように目を上下させた。

「この数字は？」

冬実は、永遠子の前に人差し指を立てる。

「……一」

「これは？」と、冬実は、三本の指を立てる。

「……三」

「意識ははっきりしているようですね」

冬実が話しかけると、永遠子は瞬きをゆっくりとした後、尋ねた。

「あの……今日は？」

「一月十九日です。あなたは一週間前に、ここ聖カタリナに運ばれてきたの。覚えてますか？」

「ああ……私……頭を……」

どうやら、意識を失う前の出来事をある程度は覚えているようだ。冬実は、永遠子を刺激しないよう、静かな口調で説明した。

「後頭部に、かなり深い打撲傷がありましたが、私が処置しました。命に別状はありません。右側の手足に麻痺が残る可能性はありますが、損傷した神経にはｉＰＳ細胞を埋め込みました」

冬実がｉＰＳ細胞の名を口にした時、永遠子はほんの少し反応した。

「それは……さやかさんと同じ……」

「ええ。脳機能iPS細胞再生術です。あなたの場合は神経細胞の損傷が大きかったけれど、半年以内に全機能が回復する確率は高いと、私は信じています」

「……桧山先生、あなたは、やはり優秀な医者なのね」

「ありがとう。そう思ってくださるのなら、そろそろ本当のことを話してもらえないかしら」

冬実はそう言って、永遠子の顔を覗き込んだ。

「どうして、あなたは私を陥れようとしたの？」

＊

「決めました。研究データは差し上げます」

「ほう。ということは――」

「あなたの持っている『動かぬ証拠』、私にください」

冬実が答えると、鳴沢はさらに尋ねてきた。

「本当にいいのか？　あんたがもう少しで確立するはずの術式だぞ。その手柄を俺が全部横取りすることになるんだぜ」

「表面的な手柄が誰のものでも、私の研究が多くの患者を救うっていう事実に変わりはないわ」

「ふうん。そりゃ、美しい意見だね」

「………」

そして鳴沢は、カーゴパンツのポケットからごそごそと小型のボイスレコーダーを取り出した。

「これを聞けば、すべてわかるよ」

＊

その小型ボイスレコーダーを、冬実は永遠子の前で再生した。

「今度、聖カタリナで脳機能iPS細胞再生術のオペがある。でもうまくいかないの。患者の子は、死んでしまうわ」

ボイスレコーダーから流れる自らの声を、永遠子は静かに聴いた。

「伊東さんの死は、あなたのせいだった。聖カタリナ病院の価値を暴落させて、東都国際の買収がやりやすくなるようあなたは画策していた。そのために、せっかく手術が成功して助かったはずの伊東さんを殺し、あたかもオペが失敗したかのように見せかけた」

「…………」

「伊東さんだけじゃない。あなたは間接的に真田くんも殺した。正木恵さんの人生も破滅させた」

「正木恵、捕まったのね……私を裏切ってオークションなんて開いた罰よ」

薄く笑う永遠子を、冬実はきっと睨んだ。

「そして、望月悠くんも殺した」

「え」

「私の姉の人生もめちゃめちゃにした」

「望月くんが……どうしたっていうの？」

「殺されたわ。私の姉に」

「え……」

「あなたの代わりに、手術映像の入ったディスクを取り戻そうと無理をして……かわいそうに。望月くんも、伊東さんも、まだ高校生なのよ」

冬実が突き刺すように言葉を続けた。

「どうして？　どうしてなの？　あなたは医療コーディネーターなんじゃないの？　弱い立場の患者さんを救うのがあなたの仕事なんじゃなかったの？」

「…………」

「…………」

「…………」

一度、大きく息を吸い、それから永遠子は答えた。

「医療コーディネーターだからよ。この国の医療を、もっと大きく変えたかった。患者本位の医療を実現したい……そのために、まとまった資金が必要だったのよ」

「だからって、人を殺して良いわけがないでしょう」

「一万人を救うために一人を殺す。それはずっと、あなたたち医者がしてきたことじゃない。それと同じことよ」

「！」

「医療コーディネーターを本当に必要としている患者さんは、経済的に苦しい人が多いのよ。報酬なんか、もらえないことのほうが多い。そんな中、どうやって、志のある若いコーディネーターを増やしていける？　そう、お金よ。何億円というまとまった資金が必要なのよ」

「そんな……」

「聖カタリナの買収額を五十億円下げれば、私には五億円が支払われる。医療の未来のために必要な五億円よ。優秀な若いコーディネーターを今の百倍は育てたい。そのためのお金よ」

冬実は首を横に振った。

「確かに、医者は患者を犠牲にしてしまうことがある。人を死なせて腕を上げ、人を死なせることで新しい術式を編み出してきた。でもね——どんな時でも、私は、私たちは、目の前の命を救いたいと思って手術台前に立っているのよ。あなたみたいに、最初から殺すつもりでいたことなんて、一度だってないわよ！」

冬実の叫びに、永遠子は微かに笑った。

「……命は平等じゃない……確か、あなたの言葉よ」

「そうね。確かに現実はそうよ。でもね、私は、人を救うことで医療を変えようとしてきた。あなたは殺すことで医療を変えようとした。全然違う。私はあなたのことを医療者だなんて認めない！」

「…………」

「……」

「……別に、あなたに認めてもらえなくてもいいわ」

「そうでしょうね」

と、永遠子は急に、

「ねえ、先生。そこの鞄取って」

と言い出した。

「は?」

「いいから、取って!」

冬実は、訝しく思いながらも、永遠子の言うとおり、荷物置き場の鞄を取ってやった。永遠子はその中から携帯電話を取り出し、冬実に向かって放り投げた。

「?」

「それね、伊東さんの携帯」

「え」

「あなたにあげるわ。疲れちゃった。眠るから出ていって」

永遠子は布団をかぶり、冬実から背を向けた。それきり、起きているのか、眠っているのか、わからなかった。永遠子の腕に繋がる点滴のピタ、ピタという音だけが室内に響いた。

病室を出た冬実は、屋上に上がった。いつのまにかあたりはすっかり暮れていた。手の中の携帯を眺める。女の子らしいビーズのストラップが付けられている。開くと、バックライトの光の中に動画再生画面が浮かび上がった。おそるおそる、再生ボタンを押すと、思いもよらぬ画面が現れた。

映っていたのは、さやかだった。どうやら、オペ後に撮影されたもののようだ。

「今から死にます」

さやかは、はっきりとそう言った。

「私、今から死にます」

＊

永遠子は、ベッドの上で、あの日のさやかの様子を思い出していた。

さやかの手術後、日付が十二月十八日に変わってから、永遠子はこっそりと聖カタリナ病院の女子トイレに忍び込み、あらかじめ入手していた聖カタリナの看護服に着替えた。そして、冬実が帰宅したのを確認してから、NCUに向かった。

看護師がいないタイミングを見計らって部屋の中へ侵入する。

ベッドの上のさやかは、こんこんと眠っているようだった。永遠子は、微かに胸を撫で下ろした。なるべく辛い思いはさせたくない。今なら、眠っているうちに苦しまずに死なせることができる。永遠子は、塩化カリウムの入った注射器を、点滴のチューブに差し込もうとした。「ごめんなさい」と呟きながら。と、

「……中原さん?」

傍らから、小さいが、確かな声が聞こえた。永遠子ははっとして、ベッドを振り返った。眠っていたはずのさやかが、ぱっちりと目を開けていた。

「中原さん、何してるんですか?」

永遠子は、内心慌てた。手にした注射器を隠そうと、腕を後ろに回す。

「あの、これはね……」

たじろぐ永遠子に、さやかはぽつりと呟いた。

「なんで、看護師さんの服着てるんですか……?」

永遠子は自らの服装に気づき、ぐっと言葉に詰まった。なんとか言い訳をして引き

下がり、出直すか。それとも強行突破でこのまま実行してしまうか――永遠子の心は揺れた。

次の瞬間、さやかは思いも寄らぬ質問をしてきた。

「中原さん……私を殺そうとしてるの？」

「……………」

「……………」

「……………」

なぜだろう。なぜあの時、自分は正直に彼女に答えたのだろう。今も、その時の自分の気持ちがよくわからない。気がつくと、

「そうなの。私、あなたに死んで欲しいの」

と言って、永遠子はさやかに頭を下げていた。そして、理解はされないとわかっていながら、それでも、なぜ自分がさやかを殺すのか、それによって、この先どれほど多くの人間が助かるのかを、精一杯丁寧に説明した。

さやかは黙ってそれを聞いていたが、やがて、

「いいですよ。実はずっと私も考えてたから」

と、あっさりと言った。

「えっ？」

「私ね、こんな身体で生きてても、周りの人に迷惑かけるだけだから。お父さんやお母さんのお荷物になるだけだから。それに……望月くんだって、こんな私じゃ困っちゃうだろうし。だから、こんな私の命にもきちんと意味ができるんなら、私、喜んで死にますよ」

「さやかさん……」

そして、

「ねえ、永遠子さん、その薬、きっと、ちょうどいい感じに死ねるんでしょう？　何なら、私、自分でやりますよ？　そうすれば、永遠子さん、殺人犯にならなくて済みますよ？」

と言いながら、さやかは、永遠子の持ってきた塩化カリウム入りの注射器を取ろうと、手を伸ばしてきた。

＊

画面の中のさやかを見つめながら、気がつくと冬実は泣いていた。

かつてさやかが寝ていたのと同じベッドの上で、永遠子もまた、泣いていた。

二人の女は、いつまでも、涙を流し続けた。

エピローグ

伊東さやかがその生涯を自らの手で閉じてから、ちょうど三ヵ月後。

聖カタリナ総合病院の看板は、『東都カタリナ中央病院』と刻まれた真新しいものに付け替えられた。三ヵ月の間に職員の大規模な整理が行われ、また入院患者の転院なども相次いだ。

新病院の院長には、鈴原《すずはら》という厚労省からの天下りの元・役人が就任した。かつてこの病院のオーナーであった瀧川は、合併を発表した翌月、脳梗塞の発作を起こし、二十四時間介護が必要な身体になってしまい、現在も自宅療養中である。

＊

平成テレビの第二スタジオでは、情報番組『サンデーリアル』の生放送が行われていた。が、コメンテーター席に、教育評論家・伊東りえ子の姿はない。娘の死後、りえ子は鬱病を発症し、ほどなく番組を降板したのだ。

その日のトップニュースは、医療関係のニュースだった。

「このたび、低所得者向けの医療支援団体に、謎の人物から五億円という莫大な寄付があり、大きな話題となっています。この不況の世の中で、五億円もの大金を寄付した人物とは、いったい誰なのでしょうか」

＊

「永遠子さん、出てますよ。例の医療支援団体への寄付のニュース」

三宮は、そう傍らの永遠子に声をかけた。二人は、今までどおり、小さな事務所で働いている。パソコンのストリーミング番組では、ちょうど『サンデーリアル』が映し出されているところだ。永遠子はちらりと画面を眺め、

「ふうん」

と興味なさそうに頷いた。

「世の中には、気前のいい人もいるんだなー。五億のうちの一パーセントくらい、う

ちに寄付してくれてもいいのになぁ」

三宮はそう脳天気にひとりごちた。

その五億円を寄付した人物が、中原永遠子本人とは、三宮はまったく気づいていなかった。それより三宮は、聖カタリナからの退院後、永遠子の仕事ぶりがますます熾烈を極めていることが心配だった。退院後、永遠子は、文字どおり二十四時間、医療のために働いていた。とても、頭蓋骨を折り、生死の境を彷徨《さまよ》ったばかりの人物のしていい生活ではなかった。

「なぜ、そこまで働くんですか」

一度、三宮は真剣に永遠子に尋ねたことがある。

永遠子はしばし言葉を探していたが、やがて、

「罪をあがなうため」

と答えた。

「は？」

私は法を犯してまで、一人の人間の命を奪ったのだ――医療の未来のために。

永遠子は、心の中でそう呟いた。

「私の罪は、医療に人生を捧げることでしか償《つぐな》えないのよ」

それ以上、永遠子は何も説明しようとしなかった。

＊

『このたび、日本の脳外科医・鳴沢恭一氏が、初めて脳機能iPS細胞再生術を成功させました。鳴沢氏は日本時間の二十四日午後十一時より会見を行う予定です』

ラジオから流れてくるニュースに、冬実はノートパソコンを打つ手を止めた。

ここは、南東北にある、とある市民病院。聖カタリナや東都国際中央病院とは比べ物にならないくらい小規模の病院である。

冬実はここで働いている。脳外科だけでなく、夜間の救急当直もこなし、場合によっては心臓や消化器系のオペの助手まで務める。そして、少しでも空き時間ができると、ノートパソコンを開いて論文執筆に勤しんでいる。

医師になってから、たくさんの人たちを死なせてきた。彼らの死と一生向き合い、そして、それ以上にたくさんの人たちを病魔から生還させるため、私は働く。そうして日々働きながら、姉・夏帆の帰りを待つのだ。

時々、心が折れそうになると、冬実はそっと一枚の写真を見つめる。

それは、さやかの携帯電話の中に入っていたデータを取り出し、プリントアウトしたものだ。

仲良く寄り添い微笑む伊東さやかと望月悠——。

「桧山先生！　急患です‼」

冬実の思考は、看護師の声に遮られた。

「交通事故。二十代男性。頭部より大量の出血。現在血圧は——」

桧山冬実は、気持ちを切り替え立ち上がった。

まずは、目の前の一人の患者を救うのだ。

それが、私の仕事だ。

本書は書下ろしです。

医療監修　堀エリカ／執筆協力　藤村美千穂

|著者|秦 建日子　1968年生まれ。小説家・脚本家・演出家。'90年、早稲田大学卒業。'97年より専業の脚本家として活動。脚本を手がけた作品に、連続TVドラマ『救命病棟24時』『天体観測』『最後の弁護人』『ラストプレゼント』『87%』『ドラゴン桜』『花嫁は厄年ッ！』『ジョシデカ！』『左目探偵EYE』『スクール!!』、映画『チェケラッチョ!!』などがある。2004年、『推理小説』で小説家デビュー。同書は'06年『アンフェア』のタイトルで連続TVドラマ化され、高視聴率を記録。続編『アンフェアな月』『殺してもいい命』『愛娘にさよならを』も刊行された。また、同シリーズの劇場版『アンフェア the movie』『アンフェア the answer』も大ヒットし、「アンフェアシリーズ」として不動の人気を誇っている。

インシデント　悪女《あくじょ》たちのメス

秦《はた》 建日子《たけひこ》

講談社文庫
定価はカバーに
表示してあります

2011年11月15日第1刷発行

発行者——鈴木　哲
発行所——株式会社　講談社
東京都文京区音羽2-12-21　〒112-8001
電話　出版部（03）5395-3510
　　　販売部（03）5395-5817
　　　業務部（03）5395-3615
Printed in Japan

デザイン—菊地信義
本文データ制作—講談社デジタル製作部
印刷———株式会社廣済堂
製本———株式会社大進堂

ISBN978-4-06-277108-5

講談社文庫刊行の辞

二十一世紀の到来を目睫に望みながら、われわれはいま、人類史上かつて例を見ない巨大な転換期をむかえようとしている。

世界も、日本も、激動の予兆に対する期待とおののきを内に蔵して、未知の時代に歩み入ろうとしている。このときにあたり、創業の人野間清治の「ナショナル・エデュケイター」への志を現代に甦らせようと意図して、われわれはここに古今の文芸作品はいうまでもなく、ひろく人文・社会・自然の諸科学から東西の名著を網羅する、新しい綜合文庫の発刊を決意した。

激動の転換期はまた断絶の時代である。われわれは戦後二十五年間の出版文化のありかたへの深い反省をこめて、この断絶の時代にあえて人間的な持続を求めようとする。いたずらに浮薄な商業主義のあだ花を追い求めることなく、長期にわたって良書に生命をあたえようとつとめるところにしか、今後の出版文化の真の繁栄はあり得ないと信じるからである。

同時にわれわれはこの綜合文庫の刊行を通じて、人文・社会・自然の諸科学が、結局人間の学にほかならないことを立証しようと願っている。かつて知識とは、「汝自身を知る」ことにつきていた。現代社会の瑣末な情報の氾濫のなかから、力強い知識の源泉を掘り起し、技術文明のただなかに、生きた人間の姿を復活させること。それこそわれわれの切なる希求である。

われわれは権威に盲従せず、俗流に媚びることなく、渾然一体となって日本の「草の根」をかたちづくる若く新しい世代の人々に、心をこめてこの新しい綜合文庫をおくり届けたい。それは知識の泉であるとともに感受性のふるさとであり、もっとも有機的に組織され、社会に開かれた万人のための大学をめざしている。大方の支援と協力を衷心より切望してやまない。

一九七一年七月

野間省一

講談社文芸文庫

富岡多恵子（編）

大阪文学名作選

解説＝富岡多恵子

西鶴、近松から脈々と連なる大阪文学は、ユーモアの陰に鋭い批評性を秘め、色と欲に翻弄される愛しき人の世を描く。川端康成、宇野浩二、庄野潤三、野坂昭如等十一篇。

とA9
978-4-06-290140-6

藤枝静男

志賀直哉・天皇・中野重治

解説＝朝吹真理子　年譜＝津久井隆

藤枝静男の生涯の師・志賀直哉をめぐる随筆を中心に、名作「志賀直哉・天皇・中野重治」など、他では読めない藤枝文学の精髄を掬い取った珠玉の随筆第二弾。

ふB5
978-4-06-290139-0

中村光夫

風俗小説論

解説＝千葉俊二　年譜＝金井景子

日本の近代リアリズムはいかに発生・展開し、変質・崩壊したのか。私小説が文学に与えた衝撃を、鋭利な分析力で解明し、後々まで影響を及ぼした、古典的名著。

なH4
978-4-06-290141-3

講談社文庫　目録

講談社文庫　目録

講談社文庫　目録

藤 水名子　紅 嵐 記 (上)(中)(下)
藤原伊織　テロリストのパラソル
藤原伊織　ひまわりの祝祭
藤原伊織　雪が降る
藤原伊織　蚊トンボ白鬚の冒険(上)(下)
藤原伊織　遊戯
藤田紘一郎　笑うカイチュウ
藤田紘一郎　体にいい寄生虫〈ダイエットから花粉症まで〉
藤田紘一郎　踊る腹のムシ〈グルメブームの落とし穴〉
藤田紘一郎　ウッふん
藤田紘一郎　イヌからネコから伝染《うつ》るんです。
藤田紘一郎　医療大崩壊
藤本ひとみ　聖ヨゼフの惨劇
藤本ひとみ　新・三銃士 少年編・青年編〈ダルタニャンとミラディ〉
藤本ひとみ　シャネル
藤野千夜　少年と少女のポルカ
藤野千夜　夏の約束
藤野千夜　彼女の部屋
藤沢 周　紫の領分

藤木美奈子　ストーカー・夏美
藤木美奈子　傷つけ合う家族〈ドメスティック・バイオレンスを乗り越えて〉
福井晴敏　Twelve《トゥエルブ》 Y.O.《ワイ・オー》
福井晴敏　亡国のイージス(上)(下)
福井晴敏　川の深さは
福井晴敏　終戦のローレライ I～IV
福井晴敏　6ステイン
福井晴敏　平成関東大震災〈いつか来るとは知っていたが今日来るとは思わなかった〉
福井晴敏作 霜月かよ子画　C-blossom《シーブロッサム》〈case《ケース》729〉
藤原緋沙子　遠花火〈見届け人秋月伊織事件帖〉
藤原緋沙子　春《はる》疾《は》風《やて》〈見届け人秋月伊織事件帖〉
藤原緋沙子　暖《ぬく》め鳥《どり》〈見届け人秋月伊織事件帖〉
藤原緋沙子　霧の路《みち》〈見届け人秋月伊織事件帖〉
藤原緋沙子　鳴《な》子《こ》守《もり》〈見届け人秋月伊織事件帖〉
福島 章　精神鑑定 脳から心を読む
椹《ふし》野《の》道流　暁天の星〈鬼籍通覧〉
椹野道流　無明の闇〈鬼籍通覧〉
椹野道流　壺《こ》中《ちゅう》の天〈鬼籍通覧〉
椹野道流　隻《せき》手《しゅ》の声〈鬼籍通覧〉

椹野道流　禅定の弓〈鬼籍通覧〉
古川日出男　ルート3《サン》5《ゴー》0《マル》
福田和也　悪女の美食術
藤田香織　ホンのお楽しみ
深水黎一郎　エコール・ド・パリ殺人事件〈レザルティスト・モウディ〉
辺見 庸　永遠の不服従のために
辺見 庸　いま、抗暴のときに
辺見 庸　抵抗論
星 新一　エヌ氏の遊園地
星 新一編　ショートショートの広場①～⑨
堀江邦夫　原発労働記
保阪正康　昭和史七つの謎
保阪正康　昭和史 忘れ得ぬ証言者たち
保阪正康　昭和史 七つの謎 Part2
保阪正康　政治家と回想録〈読み直し語りつぐ戦後史〉
保阪正康　あの戦争から何を学ぶのか
保阪正康　昭和の空白を読み解く〈昭和史 忘れ得ぬ証言者たち Part2〉
保阪正康　「昭和」とは何だったのか
保阪正康　大本営発表という権力

講談社文庫　目録

2011年9月15日現在